JN008479

引退冒険者は従魔と共に乗合馬車始めました

2

Amagorio
アマゴリオ

ill.
とねがわ

Characters

リタ

バンの冒険者仲間で、魔法が得意な
頼もしい戦士。長命なエルフだが、
年齢の話は禁句。

バン

本作の主人公。凄腕冒険者だったが、
相棒のニールとまったり暮らそうと乗合馬車稼業を始めた。

ティア
リタの従魔で、ケルピー
という水棲《すいせい》の魔物。
ニールとは馬が
合わないらしい？
ニール
スレイプニルという魔物。
仔馬の時にバンに助けられて
彼の従魔になる。食いしん坊すぎて、
超巨大に成長。

レオン
獅子《しし》族の獣人で、
バンの頼れる兄貴分。
冒険者ギルドの
ギルドマスターでもある。

1話　子供たちを救え

大切な仲間の死がきっかけで、冒険者を辞めようとしていた俺――バン。意気消沈してさまよっていた俺は、偶然怪我をしたスレイプニルの仔馬に出くわした。そいつがあまりにかわいかったんで、すぐに保護して一緒に暮らし始めたんだ。

ところがニールと名付けたこのスレイプニル、とんでもない大食いで、みるみるうちにデカくなる。仕事を持たない俺じゃ、とてもじゃないが食費を払いきれない。

というわけでニールに馬車を引かせ、乗合馬車稼業を始めたんだ。これを仕事にしたら、いつもニールと一緒に過ごせるしな。

◆

こうしていろいろあって王都にたどり着いた俺は、俺が冒険者を辞めるきっかけになった、死んだ仲間の仇討《あだう》ちを果たし、なぜかこの国を治める女王陛下の目に留まってしまった。

食事に招かれ、みんなで話も弾《はず》み、そのうち夜も遅くなってしまった。

「部屋を用意するから泊まっていけ」

そう陛下から言われ、お言葉に甘えて、俺と恋人のリタは豪華な宿屋に宿泊した。

そして俺は懐《なつ》かしい夢をみた。

俺が乗合馬車を始めるきっかけになった出来事の夢を……

◆

ニールを拾って、その成長ぶりと食費で悩み過ごす中、村で流行《はや》り病が発生した。

大人はそこまでひどい症状にはならなかったが、子供たちはひどかった。

発熱、頭痛、関節痛、筋肉痛、意識は朦朧《もうろう》としている。

村唯一の薬師《くすし》のばあさんが一人懸命に頑張ってくれたが……

「だめだ、村長……」と厳しい顔で言う。

「どうにかならんのか？」と村長。

「薬を作るにはここいらでは手に入らない植物の根が必要で、ここには製薬する機材もない。領都の薬師ギルドならあるいは……」

「そんな！　領都までいくら頑張っても馬車で片道四日は掛かる……」

「正直に言うよ。私がいくら頑張っても五日持たせるのが限度。家族に別れの挨拶をするよう伝えておくれ……」

患者の子供たちが集められた小屋に、俺が朝方見舞いに行ったら、中からそんな話が聞こえてきた。

村のみんなには世話になっている。よくしてもらっているし、子供たちとも仲よくなり剣の稽古《けいこ》をつける仲だ。

俺はすぐに考えを巡らせ行動に移した。受けた恩は返さなければと。

「村長、少しいいか？」

「どうしたね？　バン」

「村一番のデカい荷車を貸してほしい。俺がニールと一緒に領都へ子供たちを運ぶ」

「なんと、本当か？」

「ああ、聞こえてしまってな。もしかしたら間に合わないかもしれないが……」

「そうか、しかしお前さんに依頼料を払うとなると……」

「水臭いこと言うなよ村長、俺も村人だろう？　移り住んで二年と日は浅いが、こんな俺に、村のみんなはよくしてくれて感謝している。だから気にしないでくれ」

「バン、ありがとう。本当に助かる。早速《さっそく》用意しよう」

薬師のばあさんにも声を掛ける。

「それとばあさんは一緒に来てくれ。道中の子供たちの面倒を頼む」

「当たり前さね、早速準備するよ」

村長が村人を集め説明をし、荷車を用意してくれた。

薬師のばあさんは、いろいろと袋に詰め込み旅の準備。

俺は家へと戻り、支度をしてニールの元へ。

「ニール、子供たちが危ない。助けられるのはお前しかいない。頼む、力を貸してくれ」

「ヒヒーン（まかせて〜）」

「ありがとな。よし、早速行くぞ」

「ブルル〜（いくよ〜）」


厩《うまや》から出したニールに跨《またが》り、村の広場へと向かった。

すると、すでに荷車に子供たちが乗せられ、薬師のばあさんが世話をしている。

村人全員が集まりその様子を心配そうに見つめていた。

「バン、うちの子をお願い」

「バン、頼む」

「バンさん、子供たちをよろしくお願いします」

村人たちから必死に懇願される。だが、正直助かるかは五分五分だ。

「みんな、俺もニールも全力をつくす。待っててくれ」

これが精一杯の返事だった。

期待を過度に持たせるようなことは言いたくなかった。

そして黙々とニールを荷車に繋《つな》ぐ。

えっ？　この荷車の大きさで村最大か？　いやいや、ニールがデカいのか！

普通なら馬二頭で引くような荷馬車が、ニールのせいで小さく見える。

問題はニールの力に、荷車が領都まで持つかどうか……

「バンや、子供たちの症状を抑える薬を飲ませるのに、一日三回は止まっておくれ。次は日が沈んだら飲ませるよ」

「わかった。その時、俺は湯を沸かせばいいか？」

「気が利くね。助かるよ」

薬師のばあさんと打ち合わせを終えたので、すぐにでも領都へ向かおう。

「それじゃ行ってくる。行くぞニール。初めはゆっくり頼む」

「ヒヒーン（は～い）」

声を掛け、手綱《たづな》で合図を出すと領都へ向かう。


振り返り、村がかなり小さくなった頃、平坦で轍《わだち》が少ない整備された街道に出た。

これならばと思い、俺は同行する薬師のばあさんに声を掛ける。

「ばあさん、少し速度を上げてもいいか？」

「そうだね、揺れがひどくなるようだったら肩を叩いて合図するさね」

「わかった。ニール、少し速度を上げてくれ」

「ヒヒーン（わかったぁ～）」

ばあさんの了承をもらい、馬車の速度を上げるように頼む。

すると、景色の流れが徐々に速くなっていく。

速く、速く？　……速すぎだろう～！

揺れはそこまでひどくはないが、普通の馬の一人駆けの速度くらいか？

大型の荷車を引っ張りながらだと速すぎる！

「ばあさん、大丈夫か？　おい！　ばあさん？」

――コクコク

心配し声を掛けると、ばあさんは、速さに驚き目を見開いていた。

再度声を掛けると舌を噛まないよう、黙って何回も頷《うなず》き返してくれたが、驚いた表情はそのままだ。

子供たちも大丈夫そうなので、そのままの速度で街道を飛ばす。


日が暮れる頃には、二日後に到着予定の隣村が見えてきた。

助かるけど、とっても助かるけども、速すぎやしないかい？　ニールくんや。

「ブルルル、ルル？　（はやくいく、だめ？）」

俺の気持ちが伝わってしまったらしく、ニールを不安そうな表情にさせてしまった。

すぐさま、俺はニールの行動が正しく助かってると感謝を伝えながら、馭者《ぎょしゃ》台から前に乗り出し褒《ほ》めながら首を擦《さす》ってやる。

「いや、助かるよニール。頑張ってくれたんだもんな。偉いぞ」

「ブルルルル～（ほめられた～）」

すると安心してくれたみたいで、とても喜んでくれた。

しかし村に到着はしたものの、中には入れない。

というか入っては駄目だ。病人を入れたら感染《うつ》って被害が拡大してしまう。

村の入口近くの拓《ひら》けた場所まで行き、馬車を停める。

急ぎ村の見張りがいる場所まで、俺一人、小走りで向かった。

「すまない、隣村の冒険者でバンという者だ。あそこの馬車を停めてる場所で野営をしてもいいだろうか〜？」

俺が感染《うつ》っていたら危ないので、少し距離を取り、大声で呼びかける。

「別に構わんがどうした〜？」と村の見張りが答える。

「子供たちが病気で領都まで運んでいる〜。迷惑はかけたくな〜い。近づかないでほしい〜」

「わかったぁ〜。村のみんなにも伝えとく〜」

「感謝する〜」

見張りとのやり取りを終え、また小走りで戻る。

急いで薪《まき》を拾い、魔法で火を起こす。

鍋を用意し、薬湯《やくとう》用の湯を沸かし、子供たちを丁寧に降ろして、火の周りに円を描くように並ばせて暖を取れるようにした。

まだまだ夜は冷え込むが、毛布に包《くる》まれば少しは寒く感じないだろう。

「流石《さすが》は冒険者、手際がいいね！　助かるよ」と薬師のばあさん。

「身体が覚えているからな」と俺。

「それじゃ、あたしも準備をするかね」

「頼む、俺はニールの食事を」

「あいよ」

ばあさんは薬草の調合に取りかかった。

「ヒヒーンブルル（あるじ～おなかすいた～）」

「ごめんな、すぐに準備するよ」

俺もニールの食事の準備に取りかかる。

草に穀物《こくもつ》、魔物の骨の粉末に乱切りした野菜や果物、仕上げに魔石の粉を混ぜて桶《おけ》に入れる。

さらに岩塩の塊《かたまり》を用意し、もう一つの桶に水を入れて終了。

「お待たせ、ニール」

「ブルル～（いただきま～す）」

ニールは俺に顔を擦《す》り寄せてきた後、すごい勢いで夢中で食べ始めた。

ばあさんは、子供たちに薬湯を飲ませ終わり、順番に顔の汗を拭《ぬぐ》ってまわっている。

俺たちも食事にしよう。

といっても村を急遽出発したため、ほぼ何も用意していない。

どうするかと考えていると、村の方から人の気配を感じる。

徐々に近づく気配に、前に出て尋ねてみた。

「止まってくれ、何か用か？」

「驚かせてすまない、差し入れだ。ここに置くぞ」

なんと、話をした見張りの男が右手に槍《やり》、左手に籠《かご》を持って現れた。

しかも差し入れだと！

「大したものは入ってないが、うちの嫁さん自慢のスープと、牛のミルクが入ってる。温めて食ってくれ」

「助かるよ、本当にありがたい」

「な～に、困った時はお互い様だ。じゃあな、旅の無事を祈ってるぞ」

「そっちの村で、病人は出てないか？」

「こっちは今のところ、大丈夫だ」

「そうか、ならばよかった」

言葉を交わし終わり、見張りの男は村へと戻っていった。立っていた場所に籠を置いて。

「ばあさん、差し入れだ。温めて食事にしよう」

「あいよ。先に食べとくれ。交代で子供たちを診《み》るよ」

「わかった、それじゃお先に」

先に食事を済ませてから、ばあさんと交代する。

子供たちは、息が荒く、とても苦しそうだ。顔は赤く、一目で熱が高いことがわかる。

俺は額《ひたい》を冷やしている布を桶に沈めて、布を絞り、交換した。

「ありがとね。バンはまだ独《ひと》り身《み》かい？　結婚したらいい父親になりそうだね」

「もう諦《あきら》めてるさ。まあ、今ではニールが大事な息子だ」

「そうかい。でも機会は突然訪れるもんさね」

「そんなものか？」

「そんなものさね。その時、後悔のないようにね」

「わかった。一応覚えておく……」

他愛もない会話を交わし、交代で仮眠を取りながら、周囲の見張りや子供たちの世話をする。

明日は山越えだ。

ニールにはしっかりと休んでもらい、頑張ってもらおう。

深夜、薪を火に焚《く》べながら、先程のばあさんとの結婚についての会話で、思い出した彼女——リタは、今頃元気でやっているだろうか……

◆

翌朝、村を迂回するように回り込んで、再び街道を走り始める。

すると昼頃には山の麓《ふもと》に到着した。

ここを越えればもうすぐだ。頂上からは領都が見える。

一度休憩して、ニールの英気を養おう。

馬車を停めてマジックバッグから桶を出し、水魔法で水を注ぐ。

「ニール、少し休憩だ」

「ブルル～（は～い）」

「ばあさんは大丈夫か？」

「ああ、大丈夫さね。それにしてもニールは速いね。普通ならこんな荷車を引っ張っていたら、ここまで三日は掛かるはずさね。これなら間に合うかもしれないね」

「何があるかわからんが、全力は尽くすさ」

想定外のことが起こるかもしれんが、俺もできることはするつもりだ。

しかし間に合うかはまだわからん。

運よくまだ魔獣や魔物、盗賊からの襲撃もない。

道中このままならいいが……

しかも、荷車にもガタが出始めている。

「ヒヒーン？　ブルル～（あるじ～、だいじょうぶ～？）」

山を見上げながら考えていると、ニールが心配そうに鳴きながら顔を擦り寄せてきた。

まだ幼いが賢い奴だ。

気を遣わせちまったかな。

「大丈夫だぞ。それとニール、おやつだ」

「ブルル～♪　（おやつ～♪）」

俺はベルトの小袋から黒糖の塊を取り出し、掌の上に乗せる。

ニールの口元へと持っていくと、ニールはそれはそれは嬉しそうに食べ始めた。

「ニール、できれば今日の夜には向こうの麓に着きたいんだ。頑張ってくれよ」

「ブルルル～（がんばる～）」


休憩も終わり山道の入口まで進む。

なんとも急な坂道だが、ニールなら余裕だろう。

「頼むぞ！　ニール」

「ヒヒーン（いくよ〜）」

最初はゆっくりと登り始めたが、徐々に速度が増していく。

しかしこれ以上は荷車が持たない。荷車の軋《きし》む音に、どこかが欠ける音。流石に負担がでかい。

まずいな……

「この速さを維持したままゆっくりと登ってくれ。ニール」

「ブルル〜（わかった〜）」

ニールに声を掛け、慎重に進むと、夕方には山頂へとたどり着いた。

「お疲れ様、ニール」

「ブルル〜（がんばった〜）」

ニールを労《ねぎら》いながら、今日はここまでと決めた。山頂で一泊することにしよう。

「ばあさん、今日はここで野営するぞ」

「わかったさね。バンもニールもお疲れさん」

「お疲れ」

「ブルルル〜（おつかれ〜）」

早速、薪を拾い火を点け、子供たちを丁寧に荷車から降ろす。

子供たちが暖を取れるよう火の側《そば》に座らせ、湯を沸かす。

ばあさんが、忙《せわ》しなく子供たちの世話を焼いていると、茂みの奥から嫌な気配が漂ってくる。

俺は護身用のショートソードを抜き放ち、構える。

嫌な予感ほど当たるものだな……

「ギャギャギャ」

「なんの鳴き声だい？」

「様子を見てくる……」

近くの藪《やぶ》の奥へ進むと、そこにいたのはゴブリンが五匹だった。まだこちらを窺《うかが》っている。

こいつらは浅知恵が働く魔物で、群れで動き人も食らう。夜行性で上位固体などがいれば、村を襲うこともある奴らだ。中には棍棒や木の槍といった武器を使う奴もいる。

俺も若い頃、油断して苦戦したこともあるが、今では造作もない相手だ。

しかし、子供たちに釣られて出てきたか。

ニールの気配を怖がらないとは、無謀というか、バカというか。

まだ距離もあるし、ばあさんや子供たちは気付いてない。さっさと始末するか。

「ギギ！」

――ガシュ、シュ、ブシュ

俺は身体強化の魔法を自分に掛け、地を蹴り、一匹目の目の前まで近づき切り捨てる。

二匹目、三匹目と倒していくと、残り二匹は逃げ出そうとしたが、仲間を呼ばれると面倒なので逃さない。回り込み四匹目の首をはね、そして背を向けた五匹目の急所を突いて無事終了。


辺りに新しい嫌な気配もないので戻ると、ばあさんから声を掛けられる。

「どうだったんだい？」

「特に問題なかった」

「そりゃ、よかったよ」

軽い雰囲気で返すと、安心してくれたようだ。

横目でニールを見ると、座ったままだが、藪の奥を見つめていた。

「ありがとな。お前も警戒してくれてたのか？」

「ブルル～（まもる～）」

「そうだな、一緒に守ろうな」

「ブルルル～（おやすみ～）」

ゴブリンどもの気配が消え、安心したのか眠り始めたニール。

お前も子供たちを守るつもりだったのか。しかし、お前もまだ子供なんだぞ。

そう心の中で一人突っ込んで、笑みが溢《こぼ》れてしまった。


その後は何事もなく朝を迎え、山を下り始めた。

登るより下りるほうが大変だ。

常にニールが荷車の重さに耐え、踏ん張りながら、速さを調節して進んでいく。

「大丈夫か？　ニール」

「ブルルル～（がんばる～）」

ニールから大丈夫と返ってこないということは、結構大変なのかもしれない。

「無事着いたら思っきり走らせてやるからな」

「ヒヒーン♪（やったー♪）」

やる気を出させるための約束を交わした。


どうにかこうにか山を下り終わると、少し昼を過ぎた頃だった。

休憩をして子供たちに薬を飲まさないと。

馬車を停めて麓で休憩を取り、子供たちに薬を飲ませ、すぐに先を急いだ。

途中、数組の旅人や商人、冒険者たちとすれ違ったが、ニールがあまりにデカいので、みんなを驚かせてしまったようだ。

しかしこちらは話をする暇がない。

何か話しかけられても……

「すま～ん、先を急いでいる～」

と、大声で言いながら速度を緩めず突き進む。


するとあっという間に領都の外壁が近づき、入口の門に到着した。

「バン、わたしゃ子供たちを見ておくから、領都に入り、急ぎ薬師ギルドへ行っておくれ。そしてこの手紙を受付で渡しておくれ」

「わかった。それならばあさん、俺のマジックバッグを預かっててほしい。持っていると検問で止められて、時間を食うからな」

「あいよ。バンも予防で薬湯を飲んでから領都に入りな」

「わかった。すぐに戻る。ニールもその間、みんなを守ってくれ」

「ブルルル～（まかせて～）」

領都への街道から外れた、草むらに馬車を停めておく。

俺一人、領都の門を通るための列に並ぶ。できれば日が沈む前に中へと入りたい。

冒険者でなく旅人として目立たないよう入るつもりだったのだが、後ろから貴族の紋章が入った馬車の行列が、並んでいる俺らを追い越し門へと入っていく。

「よう！　久しぶりだなバン、元気か？」

「えっ、レオンの兄貴！」

突然、声を掛けられた。

振り向くと、駆けだし冒険者時代から世話になっている兄貴分のレオンだった。

「兄貴、久しぶり。でも領都のギルドマスターの兄貴が、なぜ貴族の護衛なんか……」

「流石に断れね～よ、領主様からの指名依頼は。それに最近は事務仕事が多くて……気分転換も兼ねてな！　はっはっはっ」

「兄貴、緊急事態なんだ。どうにかすぐに入れないか？」

「どうしたバン？　理由を言え」

俺が経緯を話すと、兄貴はすぐに貴族の馬車を停めて扉をノックした。

小窓が開き、中にいる貴族へと話しかける。

それからすぐ、兄貴がこちらに戻ってきた。

「バン、こっちの列に加われ。このまますぐに領都に入れてやる。検問もなしだ。すぐに薬師ギルドから人を呼んでやる」

「マジか！　助かるよ、兄貴」

「おう、それとこれからは、人前ではギルマスって呼べよ」

「わかった、ギルマス」

本当に助かるよ兄貴。


そんなわけで、ギルマスこと兄貴のおかげで時間を掛けずに領都へ入れた。

冒険者ギルドからも使いが来て、俺を鑑定し、感染《うつ》ってないことを確認した。

「事が済んだら冒険者ギルドに報告に来い」

「ああ、本当に助かったよギルマス」

そう兄貴と挨拶を交わし、すぐに別れて薬師ギルドへ小走りで向かう。

兄貴と一緒にいた貴族の護衛騎士は、流行り病と聞いて驚いていた。

しかしそれにしても、ずいぶん緊張しすぎていた気もするが……

まさか！　俺の『ギルマス殺し』っていう、物騒な異名を話したのか、兄貴。

同行している他の騎士たちも俺と距離を取っている感じだったし……

領都に入り教えてもらった通りに進むと、だんだんと薬特有の匂いが強くなってきた。

そして一番強い匂いを発している建物の前にたどり着く。たぶんここが薬師ギルドだろう。

建物の中に入り、受付へと向かう。

「いらっしゃいませ、薬師ギルドへようこそ。ご用件はなんでしょうか？」

「突然申し訳ない。頼む、急ぎこの手紙を読んでくれ」

挨拶もそぞろに、急いで手紙を渡した。

「はい……えっ！　まさか！　少々お待ちください」

渋々といった様子で受付が目を通すと、突然席を立って慌てて奥へと向かっていった。

するとすぐに長い白髪で、ローブを纏《まと》った老人と一緒に戻ってくる。

「わしは薬師ギルドマスターを務めておるウッディーじゃ。お主《ぬし》がマチルダの手紙を持ってきたのか？」

「はい、バンといいます。冒険者ですが、馭者と護衛を兼ねてばあさ……マチルダさんに同行しています」

ばあさんの名前ってマチルダっていうのか。初めて知ったぞ。

「早速、職員たちを連れて向かうぞ。道案内を頼めるか？」と立ち上がるウッディー。

「はい、よろしくお願いします」

「ほれほれ、急ぐのじゃ皆の者。あと、領主邸と冒険者ギルド、教会への連絡も頼むぞ」

「「はい！」」

「わしは先にコヤツと行っとるからのう」

　一斉に動きだす薬師ギルドの面々。

　突然慌ただしくなり、他の客たちが驚いているが、それを無視してあちらこちらに動きまわる職員たち。

「ほれほれ、さっさとマチルダのところに案内せい、バンとやら」

「はっ！　はい、こっちです」

　そんな光景に俺が見入っていると、ウッディーから持ってる杖で突かれ、急かされた。

　気を取り直し、みんなを案内しながら向かう。

　領都の外に出てウッディーと共に、子供たちのところへ向かう。

　そしたらニールの馬車を取り囲むように、ガラの悪い男たちが群がっていた。

「はぁ～～～～」

　俺は肩を落として盛大にため息を吐《つ》いてしまう。

「バンとやら、どうした？」とウッディー。

「すいません、先に行ってなんとかします」

自身に身体強化魔法を掛け、俺は一人先に急いだ。

馬車に近づくにつれ、言い争う声が聞こえてくる。

「だ～か～ら～、俺たちが、その魔物を引き取って退治してやるって言ってんだよ～、ばあさん」

「そうそう～」

「こんなに大人しい魔物なら楽勝だぜ～」

「いくらになるだろうなぁ～」

くそっ、この忙しい時に、こいつら……

「だから何度も言ってるだろ！　この子は魔物でも従魔《じゅうま》で、ちゃんと主《あるじ》がいるんだよ。私らは襲われないし、もうすぐその主も戻ってくるさね。いい加減によそへお行き。この三下ども！」

ばあさんが追い払おうとするが、男たちはしつこい。

「おお！　怖い怖い」

「「「へへへへへ～」」」

しまった！　これは俺のせいだ。

まだ従魔登録をしていないから、登録証をニールはつけていない。

しかしばあさんには感謝だな。

子供たちの看病で大変だったろうに、ニールを庇《かば》って前に出て、奴らを止めてくれている。

ニールの怒りも伝わってくるが、必死に我慢しているようだ。

しかしこいつら、ニールを退治だと⁉　殺すってことか？　俺の相棒を？　息子を？

どうしてくれよう……

「マチルダさ～～～～ん」

俺は走りながら、大声でばあさんの名前を叫ぶ。

そして絡んでいた奴らの気を引き、全員を俺の方に向かせた。

そして奴らとばあさんの間に割って入り、体勢を整え、指の骨と首の骨を鳴らしながら言ってやった。

「俺の従魔とツレだ。文句あるか？」

「ああ！　なんだよ、おっさんは」

一人が俺の胸ぐらを掴んで絡んできたので、とりあえず相手の腹に一発。

「ぶっふ～～～」

なんか出てはいけないモノを吐き出しながら前のめりにくずれ落ちる。汚ねえなぁ～。

「こいつ！」

「囲め！」

「後ろの荷車に寝ているガキを人質にしろ」

武器を抜いたり構えたりと、こいつらわかってないのか？

素手ならまだ罪は軽いのに、武器を向けた時点で極端に重くなる。

それに殺されても文句は言えない。

「バン、殺《や》っておしまい！」

マチルダばあさんは、ここぞとばかりに言ってくるなぁ～。それだけ頭に来ていたのか。

しかし、殺しはまずいだろう。ここで子供たちを治療するのに、血で汚したくないしな。

「ああ、任せろ。ニールは子供たちを守ってくれ」

「ヒヒーン、ブルルー（こいつらきらい、おにいちゃんがまもるぞ～）」

子供たちもニールに懐いていたし、ニールも子供たちが大好きだ。しかもどちらも自分が兄や姉だと主張しているのが微《ほほ》笑《え》ましいんだよな。

そんなことを思い出してニールを見ていると……

「どこ見てんだよ、おっさん！」

背後から一人、叫びながら襲ってきた。

「ふん」

――バキバキ
「ぎゃぁぁぁぁ～」

すかさず俺は回し蹴りで、武器を持ってる相手の手を砕く。

背後から襲う時には黙って静かに殺《や》るべきだ。

こいつら、素人同然だな……

「ヒヒーン」

――ドゴーン
「ぶふぉぉぉぉ～～～」

子供を人質に取ろうとニールの背後に回り込んだ男は、ニールに後ろ足で蹴られ盛大に吹っ飛んでいってしまった……

しかし数が多いな。流石に素手のままでは分《ぶ》が悪い。

……と思っていたが、他の奴らは恐れて近寄っても来なくなっていた。

「目障りだ、失せろ。俺に剣を抜かせたいのか？　それともニールに蹴られて吹っ飛ばされたいか？」

「お前ら、逃げろ～～～」

「「うわぁ～～～」」

リーダー格らしい男が叫ぶと、奴らは蜘蛛《くも》の子を散らすようにバラバラと逃げていった。

「ふう～～～」

「バンや、お疲れ様さね」

息を吐いて気持ちを整えると、マチルダばあさんが預けてあったマジックバッグを投げ返してきた。

「おう、ありがとなマチルダさん」

俺が名前を呼んで礼を言うと、ばあさんがどこか恥ずかしげな表情だった……なんでだよ。

こうしてチンピラどもを追い払った後、すぐに薬師ギルドの職員たちが合流し、子供たちの診察に取りかかってくれた。

「マチルダ、久しぶりじゃのう～」

ウッディーがマチルダに声を掛ける。

そういえば、名前を知ってたってことはこの二人、知り合いなんだよな。

「ウッディー、すぐにここで薬を飲ませて治療にあたるよ。薬草は？」

「大丈夫じゃ。ほれ皆の者、始めるぞい」

「「はい」」

先程の残党がいないか警戒しながら治療の様子を見ていると、徐々に子供たちの顔が穏やかになり、かなり楽そうになったのがわかる。

本当によかった。間に合ったんだ。

そう思っていると、ニールも俺の横に来て、子供たちを見て安心した様子だ。

「ブルル～（よかったぁ～）」

「ああ、本当によかった。よくやったな、ニール」

褒めてやりながら首筋を擦ってやると、嬉しそうに頬を擦り寄せてきた。

すると治療が一段落したウッディーとマチルダが、今後の打ち合わせをする会話が聞こえてくる。

「一晩ここで様子を見よう。まだ領都には入れられぬ」

「そうさね、教会の治療院に入るにはまだ早すぎるさね。それに病状を判断する鑑定士の手配は？」

「抜かりない、冒険者ギルドにも使いを出しておる」

なるほど、じゃあ今日はここで一泊か。

そうと決まれば早速と、ニールの食事の準備に取りかかっていると……

「それにしても、立派な従魔じゃのう」

「この子は強いだけじゃないさね。賢く優しく、力強く速い。とてもいい子さね」

老人二人がニールを褒めだす。

なんだか俺も嬉しくなるが、そのドヤ顔はやめなさい、ニールくんや……

その顔がなんともおかしく、笑いを堪《こら》えながら食事の準備を続けていると、突然後ろからコッコツと何度もニールに小突《こづ》かれる。

俺が笑っているのに気付いたのか？　それとも食事の催促か？

「ニール、お疲れ様。たくさん食べてくれ」

「ブルルル～（いただきま～す）」

「明日はたくさん走らせてやるからな」

「ブルル？　ヒヒーン（ほんと～？　やったぁー）」

村からの道中、いろいろと我慢をさせてきたからな。

明日、手続きを終えたらニールとたくさん遊んでやらないと――

◆

そう考えていたら、ここで目が覚めた。

少し寝坊したのかうっすらと明るく、瞼《まぶた》を閉じていても光を感じる。

なんとも懐かしい夢だったな。

そういえば、ばあさんがきっかけだったな。こうして、乗合馬車を始めたのは。

あれは子供たちも無事回復し、元気になったみんなで村へと帰る道中のことだった。

「お前さん、このまま乗合馬車でもやったらいいんじゃないかね？　稼げるし、お前の腕なら護衛もいらんじゃろ。フッフッフッ」

「護衛は最低限雇うさ。負担がデカすぎるし、ゆっくりしたいからな。だがそうか……乗合馬車か……」

「まあ、村へ帰ってからゆっくり決めたらいいさね」

「ああ、考えてみるよ」

そんなマチルダとのやり取りがあり、単純な俺は結局、乗合馬車を始めて馭者をやっている。

が、なぜか女王に気に入られ、騎士になることが決まってしまったのはどうしたものか……

そう思ってベットの隣を見ると、そこには彼女——リタのかわいい寝顔がある。

2話　騎士叙任

翌日、俺は朝からリタに怒られていた。

「せっかくあんなに素敵な部屋で一夜を共にできたのに、すぐに寝ちゃうなんて……」

「すまん……」

「いくら気疲れしてたからってひどいわよ！」

昨日俺は、女王に泊まらせてもらった宿屋の部屋がきらびやかで豪華すぎなので落ち着かなかった。

でもそう感じるのは俺だけみたいで、リタはとても喜んでいた。

俺は満腹で酒も入り、部屋でリタ以外いなくなった瞬間、緊張が解けてすぐに寝落ちしてしまったんだ……途中で昔の夢を見て起きたけど、その時はリタも寝てたし……

「申し訳ない……リタと二人っきりになった瞬間安心してしまって……本当にすまない……」

「もう～、仕方ないんだから♪」

言い訳すると、最後はこちらに笑顔を向けてくれるリタ。

どうにか許してもらえたようだ。助かったぁ～～～。

今日は限られた人たちだけで、簡単な騎士の叙任式をするらしい。

叙任式のため、身支度を整えようとすると……

「バン様、お任せを」

「「「お任せください」」」

宿屋のメイドたちに囲まれ、もみくちゃにされてしまった。

誰だ？　そこは支度に関係ない場所だぞ！

おい！　いつまで二の腕を触っているんだ？

いろいろと思うことはあったが、黙ってされるがままになっていた。

それを見ていたリタも楽しそうだったのでよしとしよう。

王城に行くと、執務室に招かれた。

入口からまっすぐに敷かれた赤い絨毯《じゅうたん》、その先には豪華な玉座。

そこには五百歳のくせに未だに現役で、この国最高ランクの冒険者『オリハルコンのアルティミシア』ことアルティのババアの他、三人の男性が正装で玉座の脇に立って待っていた。

「皆様、申し訳ございません。お待たせいたしました」

その光景が目に入ってすぐに、リタと一緒に謝罪する。

装いから考えても、男性たちが上位貴族様だとわかったからな。

「気にするでないよ。リタ嬢、頭をお上げ」

なぜババアが答える？　それに俺は気にしろと？

そう思いながら、俺もリタと一緒に頭を上げると……ほらみろ！　三人の男性たちがババアの迫力に顔を引きつらせているぞ。

「皆様、初めまして。バンという冒険者です」

「皆様、お初にお目にかかります。同じくリタという冒険者でございます、閣下方」

場の空気を変えるため、自己紹介をする。

うん、なんだろう？

俺がリタの引き立て役にしかなってないが、まあ男の役割はそれでいいはずだ。

しかしリタは場慣れしているなぁ～。

「ほれ！　さっさと挨拶しないかい？」

完全にババアが仕切っているが、気にしたら負けなのだろう。

三人の貴族様方も、咳払いをした後に自己紹介をしてくれた。

「北の辺境伯、オーブリオンだ。よろしくな」

「東の公爵、ラフィットと申す。よしなに」

「南の侯爵、ラトゥールだよ。よろしくね」

「「はっ」」

おお！　国の守護たる四大貴族中、三人がいるとはなんなんだ？

ちなみに西のムートン元公爵は俺が仇討ちをした相手の父親で、地位を追われて行方をくらましている。

しかし、たかが一騎士の叙任式に女王陛下夫妻が来るってだけでもすごいのに、ここまで大物たちが集まる理由がわからない。

俺は冒険者の癖で、俺は彼らの戦種を想像してしまう。

辺境伯様は、俺と同じ前衛で戦士職だな。あの大柄な身体に筋肉の力強さ。攻撃力も防御力もすごそうだ。

東の公爵様は遊撃タイプだろう。あのスラッとした引き締まった身体は、速さを武器に戦う感じか。それに腰の獲物は『刀』と呼ばれる東方の武器か。久しぶりに見たぞ。

南の侯爵様は魔導師《まどうし》か。小柄で細身で優しそうな外見に反して、凶悪すぎる量の魔力を秘めていそうだ。

しかし全員俺と同世代といった感じだな。

なんて考えていると……

「マルゴー女王陛下、並びにブライトン王配陛下、ご出座～」

おっ！　今声を出したのは宰相《さいしょう》様か？　その掛け声を聞き、全員が玉座に向かって跪《ひざまず》く。

なのにアルティのババアは立ったままだ。

え！　流石に跪かないとだめだろう、ババア……と思ったら、流石に礼はして頭は下げるのね。

心臓に悪いわ。クソッ！

こうして女王陛下夫妻が来て滞りなく式が進み、俺は騎士になってしまった。

そして……

「それでは引き続きリタ殿の叙任式をいたします」

俺とは違って優雅に式をこなしたのは、流石リタと言うべきだろうな。

自慢の仲間で……まあ……その……なんだ……

うん……あれだ……あれ……

愛しい人だ……


その後でお茶会となり、大きい丸い机をみんなで囲むように座り、話が始まった。

なお、俺と貴族様たちという、男だけのメンツで……

女王陛下夫妻とアルティのババアとリタは、別室に行ってしまったからな。

「バン、レオンからいろいろと聞いているぞ。基本拠点は北なのだろう？」と、北の辺境伯。

「はい、一応今はそのつもりです辺境伯様」

「ぜひとも、東にも足を運んでくれると嬉しいでござるよ」

「はい、公爵様。東の文化はとても気に入っていまして、特に武器や防具が独特ですし、何より食文化にすごく興味があります」

「バン君、面会の予定がなかなか取れなくて申し訳ない。ここでこっそりと済ましていいかい？」

「え！　侯爵様。それはどういう……」

「うん、一応ここにいる人たちだけの秘密で、非公式ではあるんだけどね。バン君は表向き騎士じゃなく、乗合馬車稼業をしてることになっているだろう。だから庇護《ひご》の証《あかし》としてこれを渡そうかと」

「なら俺もこいつを冒険者としてのお前に」

「仲間外れは嫌でござる。ならば拙者もこちらをバン殿に。商人もしているのでござろう？」

話しているうちに貴族の後ろ盾を証明する、庇護の証のアイテムの話になってしまった。

そして従魔使いとしては侯爵から、冒険者としては辺境伯から、商人としては公爵からと、各家の紋章が入ったメダルを渡されてしまった。あと、騎士としては陛下からももらっているな。

いくらなんでももらいすぎだとは思うが、断る勇気など俺にはない……

「ありがたくいただきます」

「おう！　もらえるものはもらっとけ」

「「うん、うん」」

そんな簡単な話でいいのだろうか？

「それで今度の祭りでやる、従魔レース大会なんだけどね？」と南の侯爵様。

「はい、リタと一緒に参加いたします」

祭りを主催している侯爵様からの質問に答えると、本当に安心したご様子だ。

「なんとも集まりが悪くてね。助かるよ」

確か、女王の息子が王太子になるのを祝う競技大会なんだよな。

王家が絡むと、祭りの準備もそれほどに大変なんだろう。

「ところで、バン殿。リタ殿は奥方なのでござるか？」と、東の公爵様が急に聞いてくる。

「いずれはそうと願ってます。フラれなければ……」

「「「はははははは」」」

一斉に笑う貴族様たち。

「バンくん、僕はハーフエルフなんだけどね。もしエルフのリタさんと結婚を考えてるなら一度は北東のエルフ国へ行かないといけないよ」と南の侯爵様。

「そうなのですか？」

「うん。僕の母が父と結婚する時、エルフの血縁者に許可を取りに行ってたんだけど、いろいろと大変だったらしいんだ。君も本気で考えてるなら覚悟しといた方がいいよ」

「侯爵様、ありがとうございます。しかし覚悟ならとっくにできていますので」

「ごめんね。そういった意味で言ったんじゃないんだ。気を悪くしないでね」

「はい、理解しております侯爵様。助言感謝いたします」

「しかし乗合馬車はやめね～のか？」と北の辺境伯様。

「はい、今はまだ……」

「まあ、リタと結婚して腰を据えたくなったら、陛下に相談して北の領地を少しやるからそこで落ち着けよ」

「辺境伯様、ありがとうございます」

それはありがたい。なら、以前世話になってたあの村がいいな～。

「これからはどういう予定でござるか？」と東の公爵様。

「はい、馬車を新調するつもりなので、とりあえず素材を北東のダンジョンで集めてこようかと」

「そうでござるか。素材が余ったらぜひ我が領に来て、武器防具を作ってみるといいでござるよ。馴染みの鍛冶師を紹介するでござる」

「それは鍛冶師の友人が喜びます」

様々な会話をしながら時間が過ぎていく。

領地の話や大貴族の息子の教育など話題には尽きない……

◆

そんな男たちの会話を、私――リタは、マルゴー女王陛下と、アルティ様と一緒に聞いていた。

ちなみにブライトン王配陛下は滞った執務のためすぐに仕事へと戻った。

というか、逃げたって言うのが正しいのかも？

「で、リタ嬢！　子供はいつ頃だい？」

いきなり詰め寄ってくるアルティ様。

「アルティ様、気が早いですよ」

「早く産んでくれなきゃ、私の寿命が尽きちまうよ！」

「殺しても死なないでしょうに」

「マルゴー、何か言ったかね～～～」

「ひっ！」

「本当に口の減らない嬢ちゃんだよ」

マルゴー陛下は幼い頃護衛を務めていたアルティ様に、頭が上がらないのよね。ふふふ♪

「しかし、バンの坊やもそんな歳になるとはね～、感慨深いよ。そういや昔、レオンの様子を見に行ったら、冒険者になりたての子供に修業をつけていて驚いたもんさね」

「その時の子が？」

「バンだったね。素質はあるがまだまだで、身体の使い方や剣を教えていたよ」

「へえ～。そうなんですかぁ～、見たかったなぁ～」

「あの頃はかわいげがあったんだがねえ～」

「それより、リタもバンとレースに出るのか？」とマルゴー陛下。

「はい陛下、私もケルピーを従魔にしておりまして、一緒に出ようかと」

「そうか、楽しみだな。それが終わったらエルフの国にバンを連れていくのか？」

「どうなんでしょう……結婚を申し込まれたらいずれは……」

「茶菓子いらずの甘い話だね～」と、アルティ様。

「「ふふふふふふ」」

◆

翌日、俺――バンは南の侯爵から懇願され、お屋敷に行くことになった。

侯爵のご息女がニールを見たいと言い、どうしてもと駄々をこねているらしい。

「面倒かけてごめんね。よろしく頼むよ」

散々侯爵様に謝られた。

だが、ニールをどうしても見たいという言葉は素直に嬉しかったので、気にはならない。

こうして貴族様たちといろいろ話して、夕方になって城を出て、やっと宿に戻ることができた。

だがニールとティアがとてもご機嫌《きげん》斜めで、宥《なだ》めるのに思ったより時間がかかってしまった。

乗合馬車をして、ニールと二人ののんびり過ごしていくつもりが、何かと忙しい……

リタともまた出会えて、仲間を殺した仇《かたき》への、悲願だった復讐も果たせたのはよいことではあるのだが……

それに、従魔との信頼関係に比例して能力が上がるスキル、『従魔の絆《きずな》』のおかげで、運よく昔の目標だったミスリルランカーになることができた。

だが、まだあの時の仲間二人のことを、完全に吹っきることはできない。

一度報告がてら、墓参りに行くかな……

◆

翌朝、朝早くリタと宿の厩に行き二頭に食事を与え終わると、城下街の外へと連れ出した。

仕事する時の道の下見も兼ねて、北東への街道を走る。

「ニール、今日は一緒にたくさん走ろうな」

「ブルル～（はしる～）」

「ティアもごめんなさいね、私たちもたくさん走りましょう」

「ヒピーン」


それからあっという間に北東への街道にある最初の宿場町まで、半日で着いてしまった。

相変わらずニールはすごい速さだが、俺も慣れたのか昔ほど身体強化を使わず、長時間乗ってもさほど疲れない。

「町で休憩と軽食を取った後はどうするの？」と聞いてくるリタ。

「本当はもう少し先を下見しに行って、一泊して戻りたかったが、侯爵家でご息女と会う約束があるから、あまり王都から長い間離れたくないんだよなぁ」

「そうね、じゃあ戻りましょう」

「その前に、この町の冒険者ギルドと運輸ギルドで情報を仕入れておきたい、いいか？」

「もちろんでございます、騎士様」

リタがふざけて優雅にお辞儀をしながら俺を騎士と呼ぶが、なんとも慣れない。

「おふざけでも、そう呼ばれるとなんか気持ち悪い……」

「ふふふ、仕方ないじゃない。本当のことなんだから」

「まあ……そうなんだがな……でも、リタだって騎士様じゃないか」

「そうね、女騎士ってなんか格好いいわよね」

「確かに格好いいが、騎士でなくてもリタは昔と変わらず格好いいぞ」

「ありがとう……」

なぜかリタは、女騎士の立場を気に入っているみたいだ。

しかし称号や爵位なんて縁《えん》のなかった人生が、ここに来ていろいろと変わりすぎた。

……今後は面倒事に巻き込まれたくないぞ。


ニールを降りて手綱を引きながら、冒険者ギルドへの道中リタと話していた俺。

目の前にギルドが見えると突然、中から人が数人放り投げられてくるという場面に出くわしてしまった。

そのうち一人がこちらに吹っ飛んできたので蹴り払うと……

「おい！　お前もこいつらの仲間か？」

と、騒ぎの元凶らしき青年に絡まれてしまった。

なぜにそうなる？

結局、騎士になっても騒動には巻き込まれるのか、俺は……

「いやいや、いきなり吹っ飛んできて、ぶつかりそうだったから蹴り払ったまでだ。それにこの町には今さっき到着したばかりでな。それで、こいつらを吹っ飛ばしたのはお前か？」

「ああ、そうだ。こいつらが俺の仲間を侮辱した。だから吹っ飛ばした。それとお前じゃない、シローだ。パーティー名、『嵐の中の輝き』のリーダーでシローだ。覚えとけ」

う～ん、なんかまっすぐな奴らしいが、暑苦しいな。

これが若さか……

「やめな！　シロー、頭を冷やしな！」

突然、大柄な女性が大声で止めに入ってくる。

どうやら彼らの仲間の一人らしい。

その声にビクッとして動きを止めるシロー。

「あら！　カレンじゃない？　久しぶり～」

「久しぶり～、リタ」

えっ！　リタの知り合いなのか？

流石長年冒険者をしているだけのことは……

いや……長生きなエルフだからって、長年はよけいでした……はい……

だから殺気は抑えてください、リタさん……

「ごめんね〜、うちのリーダーが絡んで〜。お詫びに一杯奢《おご》らせて〜」

加えてチャラそうな青年も出てきて、場の空気を壊す。

まあ売られた喧嘩《けんか》は買うが、丸く収まったのならそれに越したことはない。

「行きましょう、バン」

「ああ、そうだな。ご馳走になるか」

ニールとティアの手綱を、冒険者ギルド前の柱に結び声を掛ける。

「ちょっと待っててくれな、ニール」

「ブルル〜（うん、まってる〜）」

冒険者ギルドへと入り、併設の酒場のテーブルを寄せ合い、全員で席につく。

「親父さん、エールを人数分おねがい」

シローの仲間の小柄な少年が注文し、酒がテーブルに運ばれる。

相手のパーティーの面々は、何やらゴニョゴニョと内緒話を始めた。

その間にエールに口をつけようとすると……

「待って、バン」

リタに止められ、ジョッキをテーブルに戻す。

コツンとリタが俺のジョッキを指先で突《つつ》く。

するとたちまちジョッキが冷え、エールの泡も落ち着いていく。

この飲み方、美味《うま》いんだよな～。

「ありがとう、リタ」

「どういたしまして」

リタも自分のジョッキを指で突き、魔法で冷やす。

すると内緒話が終わったのか、彼らがみんな、俺たち二人を見てきた。

「すまなかった。本当に申し訳ない」

開口一番、シローと名乗った青年が頭を下げてくる。

怒りが冷めたのか、話をして冷静になったのか、今はだいぶ落ち着いた表情だ。

「誤解が解けたならそれでいい、気にするな」

「そうね、許してあげるわ」と、俺とリタ。

あの時、少しでもこちらに向かってきていたら、こいつらたぶん、足が地面に凍りつき身動きが取れなくなっていただろうなぁ～。

リタは氷魔法が得意で、口より先に魔法が出るタイプだからな……

「それでどうしたの？　カレン」

「いや～、それが～」

リタが事情を話すようカレンに促すと、いろいろと教えてくれた。

彼らはシルバーランクの冒険者パーティーで、王都と北東のダンジョンを行ったり来たりしているらしい。

メンバーは五人で、リーダーで魔法剣士の青年シロー、魔法使いの少年ミケル、チャラい性格なレンジャーのエレドア、重戦士で紅一点のカレン、そして今回の騒ぎの原因である、僧侶《そうりょ》戦士テリー。

テリーは昔、パーティーに入るたびにそのパーティーが全滅してきたらしい。

そして自分だけが生き残ってきたという……

ついた仇名《あだな》が『レイス』。レイスは幽霊系アンデットで、命を吸い取る魔物だ。

そして――

「レイスを仲間にしていたら、お前らも全滅しちまうぞ～」

「「「ガハハハハ～～」」」

ギルド内で他の冒険者にこう煽られて、リーダーであるシローがキレたそうだ。

テリーをパーティーに誘ったのはシローだった。回復役である僧侶が入れば戦術の幅も拡がるし、長時間探索や戦闘もこなせると。

冒険者を引退しようとしたテリーを説き伏せ、仲間にしたらしい。

これからこのメンバーで初めて北東のダンジョンに向かう途中に、テリーの過去を知ってる奴らに絡まれたということか。

「カレンも大変ね～」と、リタ。

「ははは……でもシローのまっすぐなとこは嫌いじゃないし、テリーの噂は噂でしかなかったからね～」と、カレン。

「噂でも、験《げん》を担ぐ冒険者は多いからね～。ところで、息子さんは元気？」

「王都にいる母に預けてるよ。金が貯まったら私も引退してのんびりするつもりさ」

「そっかぁ～」

「そっちはどうなんだい？」

「え～、聞きたい～？」

「聞きたい聞きたい。やっと捕まえたんだろ？」

カレン、こっちを見るな。リタもモジモジしない。

そんな会話は二人だけでしてくれよ。

俺も含めて男性陣みんな、黙ってエールに口をつけてるだけじゃね～か。

「俺たちは席を移るぞ」

「「はい」」

いたたまれなくなった俺は、男たちを誘って席を移動した。

リタとカレンの話し声が微《かす》かに聞こえる程度に距離を取る。聞いていると、俺が恥ずかしくて仕方ないからな。

しかし移動して声を掛けても、とある一人だけが返事もせずに黙っていた。

そう、テリーは未だに何も話さない。

ずっと下を向いて、たまにエールに口をつけるだけ……

シローも口数少なく飲んでいる。

人をぶん投げて騒ぎを起こしたから、反省して落ち込んでるのか？　そんな奴ではなさそうな感じだったが……

必死にエレドアとミケルが場を繋ぎ、会話を盛り上げようとしている。

「それで、バンさんたちの拠点はどこなんですか？」

「北の辺境伯領なんだが、しばらくいろいろと動くつもりさ」

「いいよなぁ～、あんな綺麗な人が相棒だなんて～」

「美人なだけじゃない、リタは強いぞ」

「はい、リタさんからはすごい魔力を感じます。お二人のランクは？」

「ミスリルだ」

「「え！（ビクッ！）」」

驚いて静かになるエレドアとミケル。

「そうですか……俺はミスリルランカーに突っかかっていたのか……」

おっ！　テリーが初めて反応したぞ。

やはり冒険者としてまだ上を目指す気概はあるのだろうか。

そして自分のランクであるシルバーより上と聞いて、シローはまた深く落ち込み、身体が小さくなったな。

俺はテリーを見ながら、彼に話しかけた。

「あまり気分がいいものじゃないが、聞いてくれ。俺も昔、仲間が全滅した……俺を残して、依頼や討伐でもなく同じ冒険者にやられてな……俺だけが生き残って、それから俺はしばらく抜《ぬ》け殻《がら》だったと自分でも思う。まあなんだかんだと助けられ、今もどうにか冒険者を続けられているがな」

するとテリーは顔を上げ、やっと俺と目が合った。

「そうですか……バンさんも」

「ああ……お前も経緯は違えど、毎回仲間が死んだのか？」

「はい」

「つらいな……」

「………」

「また、全滅するのが怖いか？」

「正直怖い……また、同じ思いをするぐらいなら……」

「しかしテリーは、今ここにいるんだろ？　シローに誘われ仲間になり、冒険者を続けている」

「それは……」

「嫌なら強くなれ。全員で生き残れるよう、強くな。何がよくて何が悪かったのか、お前の経験を仲間たちと共有することで同じ轍《てつ》を踏むことはなくなる。それが強さに繋がると、俺は思うぞ」

「…………」

「思い出すのはつらいかもしれない。俺もたまに死んだ仲間たちを夢に見るよ……でもな、そのつらかった思い出に蓋《ふた》をしたら楽しかったことも思い出せなくなるぞ。それにお前が生き続けることが、死んでいった仲間たちの生きてた証にもなるんじゃないのか？」

「そうですね。楽しかったこともありましたね」

「死んだ奴とは、会おうと思えば心の中でいつでも会える。今大切なのは、生きて身近にいる仲間たちだと俺は思うぞ。他人がどう言おうと、仲間がわかってくれていればそれでいいしな」

「はい、そうですね！」

そう言ってシローを見るテリー。

それに気付いて恥ずかしそうなシロー。

そんな二人を微笑ましく見るエレドアとミケル。

いいパーティーじゃないか。

なんか説教臭くなってしまったが、テリーの目に光が戻った気がしたのでよしとしよう。

「よしみんな、少し連携を訓練するぞ」

それからシローとテリーも積極的に話し始めた。

北東のダンジョンに向かう前に、みんなで戦闘訓練をするようだ。

「話は終わったの？」

カレンと恋愛話を終えたらしき、リタが聞いてきた。

「ああ、王都に戻るか」

「そうね、二頭とも待ちくたびれてると思うわよ」

情報収集はできなかったが、次回でいいだろう。

侯爵令嬢と会う約束が終わり次第女性ドワーフのラガーリンことリンの工房に寄って、それからすぐ北東のダンジョンに向かうとしよう。

「じゃな、がんばれよ」

俺はシローたちに言う。

「いろいろとありがとうございました」

「「「ありがとうございました」」」

「おっと！　そうだ、俺たちも数日後、北東のダンジョンに向かう予定なんだ。馬車に使う素材が必要なんでな。それまで、まだこの宿場町にいるようなら、拾って乗っけていくぞ？」

「「「「本当ですか？」」」」

「ああ、ボロい馬車だが片道くらいは持つだろう。料金もいらん。夜の見張りぐらいは頼みたいがな。それに道中、いろいろと最近の情報を教えてくれると助かる」

「わかりました。ちょうど俺たちもここら辺の魔獣や魔物で訓練してから行くことにしたので、ぜひお願いします」

「「「お願いします」」」

そう言うシローたち。

「わかった。待ち合わせはここでいいか？」

「はい、隣の宿屋に泊まってますが、基本ギルドの酒場にいますから」

ここで知り合ったのも何かの縁だろう。

どうせ向かうなら、こいつらと一緒も楽しそうだ。

そう思いながら酒場を出て、ニールのところへ向かう。

「ニール、待たせたな」

「……（ジロリ）」

「悪かったよ。ほら、ご褒美だ」

「ブルル〜（しかたないな〜）」

少しイラついていたニールの口元へ黒糖の欠片《かけら》を出すと、あっさりと機嫌が直った。

「よし、それじゃまた王都まで頼むぞニール」

「ヒヒーン（いくよ〜）」

「ティアもお願いね」

「ピピーン」


こうしてギルドの騒動で時間を少し取られたが、日暮れ前には王都に着いた。

しかし、二頭のスピードの速いことヤバいこと。いったいどこまで速くなるのやら。

王都の宿に戻り、ニールとティアを厩に入れ、世話や食事の準備をしていると……

「おかえりなさいませバン様、手紙が二通届いております」と、従業員。

「ありがとう」

従業員に手間賃のチップを渡し、手紙を持って部屋へと入る。

二通かぁ〜。

一通は心当たりがあるが、もう一通はなんだ？　まあ、読めばわかるか……

3話　素材集め

というわけで、手紙を開封。

一通目の手紙は侯爵家からの招待状だった。二日後のお茶会に、リタと二人で来てほしいらしい。

もちろんご息女の希望で、ニールとティアを必ず連れてくるようにと念を押された。

二通目は王配陛下のブライトン様からだった。


先日はお疲れ様。あまり畏《かしこ》まった文書だとわかりにくいと思うから簡単に伝えるね。

騎士になり今後も何かとあるかもだから、顔バレしないよう兜《かぶと》を作ったらどうだい？

もちろん費用はこちらで持つからね。

もし知り合いの鍛冶師がいたら依頼しといてほしいな。それじゃ、また王城で。

追伸　次回は男たちだけで酒でも酌《く》み交わそうね。

何かとあるかもって、何かあることが前提なのはなぜだ？

確かに騎士とバレて騒がれるのは嫌だし、費用もあちら持ちで俺を気遣ってくれてるのはわかる。

だが、王族からの提案なんて命令と一緒だろう。

仕方ない、作るか……

といっても知り合いの鍛冶師なんて王都にはリンしかいない。

依頼しても、あいつが作ったら普通の兜になるのだろうか……よけい目立つんじゃ。

◆

翌朝、俺たちはみんなでリンの工房を訪ねた。

「ふぉえぇ～～～、ニールくんもティアちゃんも大きくて立派ですね～～～。毛並みや鱗《うろこ》も綺麗でとても素敵～～～！　バンくん、リタさん、この子たちを私にちょうだい！」

うん、駄目だ。リンが二頭にメロメロだ。

二頭は馬具や馬車のサイズを測るために連れて来たのに、話も作業も進まない。

ニールもティアも、褒められてご機嫌で尻尾《しっぽ》をフリフリしている。

ニールはリンに頬擦りしてじゃれてるが、ティアは澄まし顔だ。まあ、尻尾と表情でティアも嬉しいのはバレバレだかな。

「ここの筋肉も立派ですね～。普通の馬よりかなり太い力強い筋肉ですね～。お腹周りもたくましいですね～。うん、とても触り心地がいいですね～、最高です。精悍《せいかん》な顔つきで凛々《りり》しいですね～。あっ！　こことここはあまり触られたくないのか～。ごめんなさい」

リン……ずいぶんといろんな角度からニールを見て触って、褒めながらイチャイチャしているな。

少し嫉妬《しっと》してしまうぞ。

少し……少しだけだけどな……

俺が一番だよな……ニール？

「よし、それでは取りかかる」

そう言ってニールとティアから離れて、リンは机の上に紙を広げて何かを描き殴り始めた。

少し寂しそうなニールとティアを、リンの邪魔にならないように俺とリタのところに戻ってこさせる。

「ニール、よかったなぁ。たくさん遊んでいっぱい褒めてもらえて」

「ブルル～、ブルル～（うれしい～、たのしい～）」

「ティアもよかったね～、うん？　次は私が触ってもらって褒めてもらう番だったのに？　そうね～、でも今はリンの邪魔になっちゃうから後でね～」

「ピピーン」

ニールはご満悦だが、ティアは少し残念そうだ。

リンが一段落したら構ってもらおうな。

みんなで工房の中庭に出ると、マジックバッグから水桶やら岩塩やらを用意して、俺はニールをブラッシングし、リタはティアの鱗を磨く。

しばらくしてリンが工房から中庭に出てきて、描き殴っていた大きな紙を広げて俺たちに見せてきた。

「じゃーん、これが新しい馬車のデザインとその設計図」

「「おお～～～」」

デザインは大きく変わらないが、ところどころに新しいものがついている感じだな。

独立式単筒オイル式サスペンションストラット（単筒オイルＳＳ）とか書いてあるが……なんだこれ？　呪文か何か？

「それで、これが必要な材料～。よろしく～」

そう言ってリンからメモを渡された。

馬車製造に必要な魔獣素材
ゴームトレントの樹液　一樽
リグナムウッドの本体　五本
魔鋼鉄　百キロ
ファイヤーフロッグの油袋　六袋
アーミーブラックアントの外殻　五匹分

なかなかな魔獣の種類と素材の量だな。

もともと北東のダンジョンには行く予定だったから、その近辺で揃えることができそうな素材ばかりなのは助かるが。

あそこは火山によって、独自の進化をした魔物や魔獣の生息地だ。

ダンジョンは火口付近にある横穴の洞窟が入口で、奥まで進むと噴火のせいで埋もれた古代都市がある。

その都市最奥には、『ルビーレッドドラゴン』という火属性のドラゴン上位種がいるという噂だが……別に俺たちはそこまで行く必要もないか。

見てみたい気もするが、好奇心で死ぬのはごめんだ。

「了解した。それと追加で俺の兜を作ってほしいんだが、頼めるか？」

「う～ん、できるけど防具は得意じゃない。装備ならモアくんに頼む。最適」

「そうか……」

やはり俺の昔馴染みのドワーフ、ボウモアに会って相談するべきか。

「ぷ～っ、モアくん！」

考えている俺の横でリタが笑いだした。

リタさんや、笑いは頑張って堪えような。

俺も最初はキツかったよ。

リンがあのドワーフのおっさんを「くん」づけとは……

「そう！　モアくんなら武器も防具も作るの得意。それにバンくんの装備は彼の作品でしょ？」

リタの笑いなど気にせず続けるリン。

「そうだな。急ぎじゃないから、やっぱりボウモアに頼むか」

「それがいい。私は馬車制作で忙しい。あれと……これも試して……ふふふ……」

リンは話の途中で自分の世界に入ってしまった。

……やっぱり、兜はこいつに頼まなくて正解かもな。

◆

翌朝、俺とリタはニールとティアを連れ、王都にある侯爵邸の門前に来ていた。

庭が広い。この敷地全体の広さで町の区画一つ分はあるかもな。

そして高い塀に巨大な門。

「本日お約束のある、バンという冒険者です」

俺がそう門番に挨拶すると……

「何か証明するものは持ってるか？」

と、怪しむような視線とぶっきらぼうな返答が返ってくる。

……って、待て待てリタ、流石に凍らせちゃ駄目だろう。

確かにリタを見る時だけ鼻の下を伸ばしていて、俺も軽く殺意が湧いたが……

「こちらでよろしいですか？」

俺がそう言って懐《ふところ》から手紙を出し、門番に見せた瞬間……

「しっ！　失礼いたしました。すっ！　すぐに確認してまいりましゅ」

と、慌てて逃げるように敷地内に走っていってしまった。

盛大に噛んだ上に、口から血を垂れ流しながら……大丈夫か？

しばらくすると、すぐに馬車がこちらに向かってきた。

敷地内で馬車とは豪勢な……そして、馬車には人が乗っているようだ。

ここまで会話がうっすらと聞こえてくる。

何やら言い争っているのか？

そして俺たちの目の前に馬車が到着した。

降りてきたのは、上等な服の上に綺麗なレザーメイルを装備した若い女性だった。

「バン様にリタ様、お待ちいたしておりました。侯爵家次女のレフォール・ラトゥールと申します。このたびは、私の願いを叶えていただきありがとうございます。お二人とそちらにいらっしゃる二頭には、とてもお会いしたかったです」

そう挨拶して優雅に礼をされ、こちらも慌てて言葉を返し、頭を下げる。

「こちらこそ。お時間を作っていただきありがとうございます、レフォール様」

「こんな入口に長居は無用。ささ、屋敷までご案内させていただきます。歩くには少し距離がありますので、ぜひ乗馬してついてきてくださいませ」

俺たちは二頭に乗馬し、馬車に足並みを揃えてついていく。

……ん？　あの遠くに見えるのが屋敷か！　おいおい、バカでかいな!!

これが四大貴族の財力か……全てが想像の上をいくな。


少し経ち屋敷の扉の前に着くと……

「あちらの厩をお使いください」

そう執事さんに言われたので、ニールとティアから降りて厩へと入れた。

「少しだけ待っててくれな。ニール」

「ヒヒーン、ブルル～（おるすばん、きらい～）」

「ごめんな、すぐに戻ってくるから」

「………（プイッ）」

お！　珍しくニールが拗《す》ねてるな。

最近なかなか構ってやれないし、こうやって待っててもらうことが多くなってきたしな。

「よし、じゃあこうしよう。明日はお前の好きなところに遊びに連れてってやるぞ」

「フーフー？（ほんと～？）」

「こらこら、鼻息で返事をするなよ。ああ、本当だ。どこがいい？」

「ヒヒーン（みずあそび～）」

「わかったよ、なら近くの川までみんなで遠乗りするぞ。約束な。だから今日は辛抱してくれよな？」

「ブルル～（しかたないなぁ～）」

　どうにかこうにか、ニールの機嫌を取り、厩に入ってもらった。

　リタもティアの機嫌取りに少し苦労したみたいだ。

　どうにか二頭を大人しくさせ、レフォール様の案内で、俺たちは屋敷の中に入る。

「さあ、こちらの部屋でお茶でもしながらニール君やティアちゃんの話をたくさんお聞かせください」

　そう言って足を踏み入れた応接室には、様々な動物や魔獣の絵が壁一面に飾られていた。

　すごいな！　俺は一度にこんなにたくさんの絵を見たことがない。

　優しい表情や凛々しい表情、躍動感のあるものやひっそりと佇《たたず》むものと様々だ。どれも緻密に描かれている。

「レフォール様、お招きありがとうございます。とても素敵な絵画がたくさん飾られてますね。どの絵からも愛情が伝わってきます」

　リタが絵を褒める。

「本当ですかぁ～？　嬉しいです～♪」

「まさか？　レフォール様がお描きに？」

「えへへ～」

なんとレフォール様ご自身が描いたらしい。

俺には芸術はわからんが、見ていて楽しい。

会話はリタに任せて俺は絵を楽しんでいると、突然足の甲に激痛が走った。

声を上げるのは我慢できたが、結構痛い。

不思議に思い見下ろすと、リタがグリグリと踏みにじっていた。

「いつまで見てるの？　公爵様から招待を受けたのはあなたでしょ？」

「はい……そうです……」

そう、あくまでもリタは付き添い。

正直貴族は苦手だから、ついリタに会話を任せっぱなしにしてしまったのは俺が悪い。

でも、だからって踏まなくても……

いえ、俺が悪いです。はい……

「バン様、リタ様。では改めてスレイプニルやケルピーのことを、ぜひいろいろとお聞かせください」

「はい。俺は言葉遣いが荒いですが、失礼をお許しいただけるなら……」

「大丈夫です。ぜひぜひ」

それからはニールとの出会いから話を始め、レフォール様にもたくさん質問された。

ニールの話をするのは嫌いじゃないし、興味津々で質問してくるレフォール様は目をキラキラと輝かせて聞いてくる。

「しかし、なぜそんなに動物がお好きなんですか？」

そう聞いたら意外な答えが。

「実は私、病気で外に出ることがままならなかったのです」

「「え！」」

「今は回復魔法と治療のおかげで少しは回復していますが、いつも屋敷の部屋にいて……家族は優しいのですが、私が心配だからとなかなか屋敷の外には出してもらえなくて……だから自由に動きまわれる動物たちに、強い憧れがあったんです。今では医者から、屋敷の庭になら出られる許可もいただけてますが、回復する前は彼らを絵に描くことが楽しみでした」

そうか……そんな理由があったのか。

一番遊びたい盛りに動けなかったとは、つらかっただろうな……

そして、レフォール様の見た目は十代後半。

貴族で成人している令嬢ということは、すぐに結婚やらなんやらで、自由な時間を過ごせなくなるのだろう。

「もしよろしければ、ニールに乗れるか試してみますか？　基本あいつは女性や子供には優しいので、最低でも跨がることはできるかと思いますよ」

俺が提案するとレフォール様はとても喜んでくれた。

「本当ですか？　すごく嬉しいです。でも……」

すぐに執事さんへ確認するように顔を向けるレフォール様。

「それぐらいならよろしいですよ」と、執事さん。

「やったぁ～♪　バン様、リタ様、早く行きましょうっ！」

「わかりました。逃げませんから落ち着いてください」

「バン、私は執事さんと少し話があるから、レフォール様たちと先に行ってて」

「？　わかったよ、先に行ってるぞ」

なんだろう。

笑顔だったが、リタの雰囲気が少し変だったなぁ。

◆

レフォール様がバンと使用人を伴って厩に向かい、私――リタと執事の二人だけになった。

「それでリタ様、私にお話とは？」

「あなたは知っているわね？　彼女の病名」

「………」

「沈黙は肯定と見なすわよ」

執事は顔には出さないけど、内心とても動揺してるのがわかった。

きっとレフォール様本人にも告げてない病名。

家族と、ごく限られた使用人しか知らない秘密なのね。

「ごめんなさい。もしかしたら力になれるかもと思って尋ねたのだけれど……警戒されてしまったのかしら？」

「………」

「私はエルフ族。長年生きてきて、何度か患者に出会ったことがあるわ。出会いたくはなかったけどね……それで、失礼とは思ったけど鑑定魔法でレフォール様を見させてもらったわ」

「………」

執事は悩んでいるみたいね。

この秘密を目の前の冒険者に話していいのだろうか？

しかしここまでわかっていて、あちらから話を切り出したのであれば、レフォール様が助かる手立てを持っているのではないだろうか？

ただこの話を自分の独断で伝えていいのか？

しかしもし助かる手立てがあるのなら、ここで全て話した方が……

そんなところかしら♪

「遺伝性不適合混血症……通称、不混症」

「！！！」

私が見透かして先に言うと、執事がうろたえる。

この世界で様々な種族が交わり命を紡《つむ》ぐ中で、稀《まれ》に発症する病。

生まれつき肉体と魔力のバランスが取れず、衰弱していき死ぬ病。

基本は成人の十六歳を待たず、幼少時に死亡してしまう難病。

「よほどご両親に愛されていたのね。まだ生きてることは奇跡に近いわ。今動けるのも薬のおかげね。たぶんだけど魔力抑制剤と、筋力の増強剤と、体力の増強剤。この三種類を調合して服用しているのかしら。難しい調合なのに腕のいい薬師ね。でも、それじゃ治らない。根本的な問題の解決にはならないわ。つまり、これは最後の思い出作りなのね……」

「そこまでおわかりになるとは……」

「あとどれぐらい？」

「持って一年と……」

「一つだけ助かる方法があるけど？」

「え！　まさか？」

「そう、そのまさか。エリクサーよ」

「……もちろん、わかっております。特効薬であることは。しかし主も長年国中を探しておりますが、ここ十数年なんの手がかりも……」

「私たちは明日、北東のダンジョンへと向かうわ」

「もしや！」

「そう……もし最深部近くまで潜《もぐ》り、運よく例の素材を手に入れることができたらね」

「主に話はお伝えしておきます。ぜひよろしくお願いいたします」

「ただこちらも無理はしないわ。最優先は私たちの命。それでもいいかしら？」

「もちろんでございます」

　それと、しっかりと釘をさしておかなくちゃね。バンが無茶をしないように。

「それと絶対にバンには知られないでね。彼は知ってしまえば、必ず無理をしてでも手に入れようとするだろうから。もし知られたら、この話はなしよ」

「畏まりました……」

「それじゃ私たちも二人のところに行きましょうか。ふふふ♪」

「はい……」

執事さんは、怯《おび》えてるみたいね。

そんなに脅《おど》したつもりはないんだけど♪

◆

俺――バンはリタと侯爵邸を後にした。

レフォール様には楽しんでもらえたと思う。

ニールに頼んだらレフォール様を乗せてくれて、屋敷の広い庭を軽く駆け足していた。

レフォール様はとても笑顔で嬉しそうだったが、あまり長く乗るのは無理のようで、そこそこに切り上げることになってはしまったが。

侯爵様のレフォール様を喜ばせたい親心に、俺たちは応えられたみたいだ。

帰り道、俺は気になっていたので正直にリタに尋ねる。

「リタ、執事さんと何を話してたんだ？」

「これから私たち、北東のダンジョンに行くじゃない？」

「ああ、そのための買い出しで、帰り道に一緒に今は商店街に来ているが？」

「もし可能ならついでにと、ドラゴンの素材を求められたのよ。私たちの物資や時間に余裕があればだけどね」

「そうか……今の自分の力を、竜種相手に試してみたい気もするが、二人だけだと厳しいなぁ～」

「そうよね～、私も同じ意見よ。パーティーに人を補充したところで、連携ができなければ意味がないしね」

「だな。それと空樽《からだる》や麻袋《あさぶくろ》が足らない。素材を集めるなら、渡す前にちゃんと仕分けしておきたい。少し多めに買うか？」

「そうね。それに材料リスト以外にも、何かしらレアなモノが見つかればリンちゃんに買い取ってもらってもいいんじゃない？　余りは冒険者ギルドに任せるとして……あっ！　甘味が足らない。それに調味料も」

「あっ！　そうだ。リタさんや、塩が足らんのです。頼めるか？　俺は道具屋を回った後で、この前食べた米を仕入れてくるよ。取り扱いのある店を東の公爵様に教えてもらったから」

「わかったわ。でも、塩なんてどうして？」

「調子に乗ってみんなに振る舞っていたからな。流石に少し使いすぎた」

「そっか。そういえば、お米気に入ったの？　私は好きだけど」

「そうだな。なんとなく腹持ちがよかったし、それに……」

「それに？」

「リタが好きそうだったからな……」

「ありがと……」

ニールとティアの手綱を引きながら道すがら話していたが、おばっ……ゴホンゴホン。お姉様方の視線やら、行商人やその護衛たちの視線やらが気になるな。

（あらあら～まあまあ～）

（（けっ……くそっ……））

……とでも言わんばかりだ。

まあ、ニールとティアは目立つからしょうがないか。

それに、リタも美人だしな。

俺も少しは身なりを気にするべきか……


補充や買い足しも終わり宿に着くと……

「私はちょっと薬師ギルドに行ってくるわね。ティアをお願い」と、リタ。

「わかった。気を付けてな」

「は～い、なるべく早く戻るわね」

そう言って、リタは薬師ギルドに行ってしまった。

「それじゃ、ニールもティアも食事にしようか？」

「ヒヒーン（ごはーん）」

「ピピーン」

「それとニールにはブラッシングして、ティアは鱗磨きだな」

「ブルル～（おやつも～）」

「ピピピ～」

「わかったよ。もちろんティアにも出すから安心しろ」

◆

バンにティアを頼み、私――リタは王都にある薬師ギルドに向かっている。

（エリクサーかぁ～。後はドラゴンの素材があれば私が調合できるんだけどなぁ～。でも流石に竜種は手強いのよね～。レオンとボウモアがいれば討伐は無理でも、素材くらいはたぶんイケるとは思うんだけど……）

フードを深く被《かぶ》り、街中をいろいろと考えながら歩いていると、独特の匂いが漂う通りに入った。

（ここはいつ来てもこの匂いなのね）

少しの懐かしさを感じながら目的の場所に着き扉を開けると、さらにその匂いは強くなる。

「いらっしゃいませ、ご要件をお伺いいたします」

奥のカウンターに進み席につくと、すぐに受付が対応して声を掛けてきた。

「ギルマスは空いてる？」

私はフードを取り、薬師ギルドのランク証明タグを机の上に置く。

「拝見いたします……しょっ！　少々お待ちください！　ただいま確認してまいります」

「よろしくね～」

五段階評価でランクづけされる薬師ギルド。

超級、特級、上級、中級、低級、と分かれている。

低級でも一人前で、難しい試験と厳しい実技を受からなければ通れぬ狭き門とか言われているらしいけど、人の命に関わる薬師だから当然よね。

まあ私は超級だけど、あまり知られるのはごめんだわ。

上位冒険者に商人、貴族に王族、いろいろと面倒事が寄ってくるのよね～。それに……

「おっ！　お待たせいたしました。どっ、どうぞこちらへ。ゴホゴホゴホッ」

「大丈夫？　ほら、まずは落ち着いて。急いでくれてありがとね」

もう〜、大丈夫なのかしら？　この短時間で息が上がり、だいぶ咳き込んでいるわね。どこか悪いのかしら？

「失礼いたします。リタ様をお連れしました」

案内されギルマスの執務室へと入ると、知ってる顔がほがらかに待っていた。

「お久しぶりですね、リタ様」

「ウッディー！　久しぶり〜♪　今はあなたがギルマスなのね？」

「はい。今は私がギルドを預からせていただいてます。師匠が他界して以来ですから、かれこれ二十年ぶりぐらいかと……」

「そっか……つい最近と思ってたけど、もうそんなに経つのね。で、マチルダは元気？」

「はい。たまに手紙を交わしております。なんでも北の辺境伯領の開拓村で、のんびり過ごしているそうです。それでリタ様、今日のご要件は？」

「ちょっと出かけてくるんだけど、帰ってきたら調合するための場所と設備を貸してもらえないかしら？」

「畏まりました。一部屋ご用意し、お待ちしております。して、今回は何を？」

「ありがとう。さて、ここでウッディー君に問題です。世界樹の葉、神酒ソーマ、ドラゴンの生肝と生き血で作る霊薬はなんでしょう？　フフフ♪」

「まっ！　まさか……」

「そのまさかなんだなぁ〜。今回はたまたま侯爵家と縁があってね。これから北東のダンジョンに向かうんだけど、もし可能ならドラゴンを退治して戻ってくるつもりなの」

「ああ……やはりその件だったのですね。こちらにもエリクサーの依頼は来ておりますが、もう材料もなく、調合できる超級薬師もすでに……もちろん、昔からの約束を守り、リタ様へのご連絡はこちらから一切しておりませんでしたが……そうですか。それはそれは、侯爵様も運がいいですね」

「そのことは感謝してるわ。私との約束を守ってくれて、害虫が寄りつかないようにしてくれていたみたいね。まあ、今回は特別かな？　とりあえず材料の量にもよるけど十本くらいは作る予定よ」

「それは……調合を見学させていただいても？」

「あなたが信頼できて秘密を守れる特級薬師なら、三名ぐらい来てもいいわよ。助手も欲しかったし」

「もう少し駄目でしょうか？　後進の育成にご助力いただきたく……」

「う～ん。そうね～、なら五名までかなぁ～」

「ありがとうございます。すぐに王都から四名呼び寄せます」

「五名までって言ったじゃない?」

「もちろん、そのうち一人は不肖な孫弟子の私ですよ。はははは」

「それじゃ～、よろしくね～」

「畏まりました。お待ちいたしております」

さて、これで要件は済んだし、早くバンのところに戻らなきゃ。

◆

「ただいま～、私もエールちょうだい」

「おかえり。先に一杯引っかけてるぞ」

ニールとティアの世話も終わり、俺――バンが宿屋で一杯飲みながらのんびりとしていると、リタが王都に帰ってきた。

そして俺のいるテーブルについてすぐ、リタが店員にエールを頼む。

「今日もお疲れ様～。ゴクッゴクッゴクッ……ぷはぁ～、おかわり～!」

「ああ、お疲れ様」

相当喉《のど》が渇いていたのか。

リタは一杯目を一気に呷《あお》り、すかさずおかわりを注文した。

「で、どうだったんだ？」

「何が？」

「薬師ギルドでの要件は無事済んだのか？」

「ええ、また王都に帰ってきたら行くけどね」

「そうか。じゃあ出発だな。今後しばらく野宿が多くなるから、たくさん飲んで食って明日からに備えるか」

「そうね。あっ！　次はワインちょうだい」

「かなりペースが速いな！　大丈夫か？」

「だって、またしばらく酔えないんだから。今日くらいいいでしょ？」

「まあそうだな。あっ！　こっちにも火酒をロックで頼む」

確かに道中酔えるほど飲めることはないだろう。

俺もリタに付き合って、今日はとことん飲むか。

4話　アント討伐

翌朝、朝食を済ませ、ニールとティアの世話と準備をしていると……

「お～は～よ～う～。気持ち悪いし頭痛い～」

思いっきり二日酔いで、うちのお姫様が弱音を吐きながら現れた。

「おはよう。準備はできてるぞ」

「おはよう～バン、ごめんね～、今すぐ回復するからちょっと待ってて～」

朝の挨拶を交わした後、リタは詠唱を始め、二日酔いという状態異常（？）を回復させた。

本当に便利だよな～。

リタだからできるこの魔法の無駄使いは、本当に昔から羨《うらや》ましいよ。

「よし！　もう大丈夫よ。さあ出発しましょう」

「本当に調子がいいなぁ～。そうだな、行くとするか」

「ええ」

「ヒヒーン（しゅっぱつ～）」

「ピピーン」


こうして王都から出発したのはいいが、昼には街道の最初の宿場町に到着してしまった。

本当にニールもティアも速すぎだ！

俺は冒険者ギルドに顔を出すと、ちょうどパーティー『嵐の中の輝き』がテーブルを囲んでいたので声を掛ける。

「よう、調子はどうだい？」

「あ！　バンさん」

「「「お久しぶりっす」」」

一斉に挨拶してくる『嵐の中の輝き』たち。

「大げさだな、たった数日だろう？」

「いや～、あれから俺たち濃い日々を送ってたんで」

「で、北東のダンジョンには行く準備は大丈夫か？　無理なら明日にするが」

「大丈夫、すぐに行けますよ。なぁ？」

「「「はい」」」

パーティー代表でリーダーのシローが聞くと、他のメンバーも応えて頷いた。

本当にすぐに出発できるらしい。まあフットワークが軽いのはいいことだ。

しかしリタとカレンの話が盛り上がっていて、これじゃまだ長引きそうだなぁ。

「リタ、話は道中でもできるだろ？　カレンをティアの後ろに乗せてけよ」

「そうね。そしたらもっとたくさん話せるものね」

「悪い、バンの旦那《だんな》。いろいろと盛り上がっちまって」と、カレン。

（（（おお～バンさん、すっげぇ～～～）））

出発を促すよう二人に話すと、なぜか男どもからそう言いたげな、尊敬の眼差しで見られてしまった。

内緒だが、そりゃ俺だって話を切って間に入るのは怖かったぞ。

◆

初日の夜営。飯を作ろうとした時、リタに言われ懇親会《こんしんかい》ってほどではないが、同行者みんなで食べようと話が出た。

そりゃリタはカレンとしか話してないからなぁ～。打ち解ける機会がいるよな。

俺はもてなしの料理として、評判のよかった夜営定番のスパイス肉の回し焼きを作った。

「でも本当にご馳走になっていいんですか？」と、シロー。

「まだ、そんなに警戒する場所でもないし、飯はみんなで食べた方が美味いからな」

「ゴチになります」

「「ゴチになります」」

「遠慮はすんな。ダンジョンまで楽しく行こう」

「リタ、あんたの相棒はいい旦那になるね～」と、カレン。

「まあね、自慢の彼氏ですから～」と、リタ。

「……お～い、二人も焼くのと切り分けを手伝ってくれよ」

「「は～い」」

　二人は、もう少し声を抑えて話してくれよ。

　聞こえると流石に小っ恥ずかしいぞ。

「なぁ、俺たち野営で宿屋の食事より美味いもん食えるってのか？」

「ああ、あれハイオークだぜ！　高級肉だぜ！」

「しかも美女と二人で旅って、すごいですよね～」

「「うんうん」」

「しかも勘違いと勢いで、シローがバンさんに喧嘩売って……あの時カレンが止めなかったら……」

「俺だっていつかバンさんみたいに強くなって、美人でかわいい彼女に愛を叫ぶ予定だよ」

「「ははははは」」

そんな会話をする、『嵐の中の輝き』の男メンバーたち。ずいぶんとシローがイジられているが、テリーも話に加わり楽しそうだ。

遠慮がなくなって、お互いに信頼感が増した感じか。

確かに、あれから濃い時間を過ごしたみたいだな。


こうして食事を終え、初日は予定通り野宿となった。

ニールとティアの世話をして、ストレス発散に軽く遠乗りし、みんなで食事を終えて就寝だ。

「見張りは任せて休んでください」

そう言われ、俺は先に寝ることに。

「頼むな。それじゃおやすみ」

乗車賃と食費代わりにシローたちに夜の見張りを頼み、俺とリタはゆっくりさせてもらう。

俺はニールに、リタはティアにと、座って寝ている相棒の腹に上半身を預けながら毛布に包まり横になっていた。

まだ眠れない俺は、アイテムバッグから地図を取り出し、身体強化で視力強化して夜目を利かせ

て今後のルートを確認する。

そんなことをしなくても今日は満月、月明かりで十分明るいが念のためってやつだ。夜営の時の癖でもあるが。

え～と、今日で行程の五分の一まで来ているから、最短約五日で北東のダンジョンの側にあるダンジョン街に到着かぁ……普通なら十日から十五日の道のりなはずなのに……

ちなみにダンジョン街の正式名称は忘れちまったが、まあいいか。

それにしてもやっぱりこの速さはおかしいよな？　ニールの身体もまだまだデカくなりそうだし力も速さも増しているなぁ～。

「どうしたの？」

リタが聞いてくる。

「いや、寝つけなくて暇だから地図を見ていたんだ」

「そっか。でもなんかいいわね。のんびりしていて」

「本当にな」

「ねぇ～、そっちに行ってもいい？」

「嬉しいけど、流石に駄目だろう……」

「…………」

「そんな目で見つめられても駄目なものは駄目だ」

「ちぇっ、まあ仕方ないかあ～」

「その……なんだ……二日後には宿屋に泊まれる予定だから……」

「ふふふ、そうね♪」

本当に誘うのも甘えてくるのもやめてくれよ。

そのいろいろと……平常心でいられなくなるだろうが！

最後の笑顔なんて反則だろう。くそっ……

◆

二日目、嬉しい誤算に遭遇した。

「あれがアーミーブラックアントの蟻塚《ありづか》か？　ずいぶんデカいな……」

出発して昼過ぎにさしかかった分かれ道。

エレドアの情報によるとなんでも左にダンジョン街、右にアーミーブラックアントの蟻塚があるらしいとのこと。

アーミーブラックアント討伐は最近ゴールドランクへの討伐依頼として張り出されたようだ。

リンに渡された馬車の素材リストに書かれていたアーミーブラックアントの外殻《がいかく》を手に入れるため、寄り道を提案すると、みんな快く承諾してくれた。

左の道を進むと夕方頃、森林に挟まれた拓けた場所の中心にそびえ立つ丘？　小山？　と思うほどデカい蟻塚にたどり着いた。

「さて、いったん拠点を作るか」

「拠点ですか？」と、シロー。

「そうだ、拠点だ。アント系の魔獣は蟻塚を攻撃すると襲ってくる。それも複数でな。しかし一定の距離を取ると、向こうもそれ以上襲ってこない」

「「「へぇ～～～」」」

「なので拠点を作り、手前から、安全地帯、迎撃地帯、危険地帯と分けておくと、安全に討伐できる」

「「「なるほど～～～」」」

感心する『嵐の中の輝き』の男メンバーたち。

「巣の大きさで長期戦になりそうと判断した時は、最初に必ず拠点を作れ。そして迎撃地帯に罠《わな》を張り、線より先は絶対に深追いしない位置に線を引くんだ」

「流石ミスリルランカー」

「知らなかった……」

「物知りっすね！」

「でも俺たちにそんなことを教えてくれていいんですか？」

テリー、エレドア、ミケルと口を開き、シローが不思議そうに聞いてきた。

「お前らもシルバーランクで、この先ゴールドを目指すなら知っておいて損はないだろ？　俺だって先輩たちに教えてもらったことだ。俺からお前らに、お前らからさらに次の世代に伝えていけばいい」

「わかりました。必ず伝えます」

「でも誰かれ構わず伝えるなよ。あくまでもシルバーで見込みのある奴を見極めてくれ」

「「「はい！」」」

そんな会話を『嵐の中の輝き』たちとしながら拠点を作ることに。

馬車を横向きに停め、その裏にテントを張った。

次に拠点がギリギリ見える位置まで進み、左右に堀を掘って水魔法で水を溜めた。

「陸上の虫系の魔獣は、基本水を嫌う。こうすることで拠点を囲まれず、複数来ても正面から撃破しやすい。もう少し進んだら落とし穴を適当に作って、底には杭《くい》を仕掛ける。そうすることで数を間引くことや手負いにすることができる」

「めちゃくちゃ考えられてるんですね」

「そりゃそうだろ、死んだら終わりだ。討伐し、生きて素材を持って帰るまでが重要だからな」

だがこの方法が発見されるまでに、いったい何人の冒険者が死んだのか……

そんな過程で試行錯誤して編み出した討伐方法。本当に先人たちには頭が上がらない。

「よし、そんなもんでいいだろう。もう日も暮れる。視界が悪いし、身体強化で準備したとはいえ疲れただろう。拠点に戻り装備を点検後、仮眠を取って、日の出と共に攻撃を仕掛けようと思うが、みんなどうだ？」

「「「了解」」」

「わかった、それでいこう。拠点でリタとカレンが準備してくれていた飯を食べて朝を待つ。交代で二人一組見張りに立つぞ。俺とリタも加わるからな」

(((コクリ)))

さてさて、巣の中でも上位種のアントを炙《あぶ》り出せるといいが……

◆

翌朝、俺たちと『嵐の中の輝き』は日の出と共に行動を開始した。

「どうする？　パーティー別で行動するか？　それとも臨時でパーティーを組むか？」

「バンさん、パーティーを組んでください。そして、リーダーはあなたです。勉強させてください。みんなもそれでいいな？」

討伐はパーティー別と思っていたが、開口一番シローがそう言いだした。しかも俺をリーダーに指名して……みんなに同意を求めると、すぐにシロー以外の『嵐の中で輝き』たちが頷き返してくる。

（（（コクリ）））

そこらへんは息ピッタリだな、ははは……

今シローはいろいろと思うことがあるのだろう。

そして足掻いて成長しようとしているのか？

俺がそのヒントに少しでもなれるだろうか……

「ご指名よ！　シャキッとしなさい、リーダー」

考えているとリタに言われた。

「わかった。それじゃ打ち合わせするぞ」

気合いを入れて陣形や作戦を説明する。

個々の能力や特性はすでに道中話しており、ざっとは把握できていた。

小枝を拾い地面に描いてみんなに説明した。

「陣形だが俺を中心に、右にテリー、その後にシロー、左にカレン、その後にエレドア」

(((コクリ)))

「シローの後にニールに乗ったミケル、エレドアの後にティアに乗ったリタで縦長の陣形でいく。つまり前衛が俺、テリー、カレン。中列がシロー、エレドア。後列がミケル、リタだ」

(((コクリ)))

「アントの弱点は関節と首だ。奴らは外殻が堅く刃が潰れるから、無理をせず首を落とせ」

((((コクリ))))

「作戦はこうだ。最初は最前列三人で突っ込み、蟻塚に攻撃を仕掛け、アントたちをおびき出す。迎撃地帯に誘導。到着したら馬上からミケルとリタの魔法で範囲攻撃。落とし穴には当てるなよ！　そして後退した俺たち前衛三人が中列二人と入れ代わり攻撃。二、三回攻撃を当てて再度引きつけ後退し、立て直した俺たち前衛三人の後ろに回って隙を見て遊撃に出ろ。ミケルとリタは落とし穴にかかったアントを遠距離で仕留めながら援護。誰か負傷者が出たら俺の後ろに。テリー回復を頼む。その援護はリタだ。覚えたか？」

(((((コクリ)))))

「ある程度アントを討伐すると、蟻塚からアーミーアントが出てくる。強さはアントの約五倍から十倍だ。必ずシルバーは二人以上で対処しろよ」

「えっ！　バンさんたちは？」と、今まで頷くだけだったシローに聞かれる。

「俺とリタなら大丈夫。心配するな！」

　さらに説明を続ける。

「もし、どでかいアントの女王が出てきたらすぐに退却するぞ。女王は通常の二十倍から三十倍だ。顔だけ普通の大きさだが身体はボッテリとデカく、腹の真ん中に穴があり、そこから強力な酸を噴射する。でも動きは遅く、アーミーアントたちに運ばれているから逃げきれる。間違っても相手の腹の正面に行って、噴射される酸の射線には入るなよ」

　念のための注意もしたし、それじゃ狩りを始めるか。


　その後、作戦は上手くハマッた。

　俺、テリー、カレンの三人で蟻塚の出入口である数個ある穴をそれぞれの魔法で攻撃する。

　すると、ブラックアントたちが無数に他の穴から這《は》い出てきて、俺たちを敵と認識し排除しようと襲ってきた。

　しかしここでカレンが足を切られ、しかも腰につけてるポーション入れの小袋まで破壊された。

これじゃカレンは、俺とテリーの速さについてこれない。

すぐに二人で助けに入る。

「すまないね～、しくじったよ……」と、カレン。

「無駄口はいい。予備のポーションは？」

「それが生憎ね……」

くそっ、それぐらい備えておけよ……

「テリー、カレンの回復を頼む！　前は俺が押さえる」と、シロー。

「いや、今はカレンを回復できない。退路が絶《た》たれます」と、テリー。

アントたちの追撃が速く、退治しても次から次に湧いて襲ってくる。

「いくぞ、エレドア」

「ああ、シローさんよ」

しかしここで、待機していたシローとエレドアが退路を塞《ふさ》ごうとするアントたちに切り込み、加勢してくれた。

「まったく、頼むぜカレン。ほらよ」

「悪い、エレドア」

「いいってことよ。じゃないと俺の将来設計が狂っちまう」

「え!?」

「ほら、さっさと飲んでいったん引くぞ」

エレドアがポーションをカレンに渡し回復したので、五人で半円の陣形をとりながら徐々に後退していく。

やっとリタとミケルの射程距離に入った。

「アイスランス」

「アイススピア」

リタの上級魔法アイスランスに、ミケルの中級魔法アイススピア。同じ氷魔法で合わせたか。

無数の尖った氷撃が、俺たちに迫《せま》ってくるアントたちの腹を貫いていく。

それでもまだ頭や足を動かし続けるアントたち。

多くは仕留めきれないが、足止めには成功した。

魔法攻撃をかわしたアントも、かわした先の落とし穴にハマり動けない。

シローの判断に助けられた。そしてエレドアの備えにも。テリーの状況判断も的確で、ミケルもなかなかやるな。

「カレン、やれるか？」

「すまない。もう大丈夫だ。借りは返させてもらうよ」

俺たちは陣形を整え、そこからは危険なく確実にアントたちを仕留めていく。

すると、やっと目的のアーミーブラックアントたちが蟻塚から五匹出てきやがった。

「俺とリタとで先行する。五人は抜けてきた奴を頼む」

（（（コクリ）））

『嵐の中の輝き』たちが頷いたのを確認して……

「リタ～～～」

「はいは～い♪」

「ピピーン」

魔力を練っていたリタを呼ぶと、彼女はティアの腹を軽く蹴る。

それを合図にティアが駆けだし、俺の真後ろにつく。

そしてリタが詠唱を始める。

俺も自身に身体強化を施《ほどこ》して備えた。

「いくわよバン！　アイスバインド」

リタが呪文を唱《とな》えると、アーミーブラックアントたちを激流がまとわりつく。

さらにその水が凍りついてアーミーブラックアントの動きを縛った。

アーミーブラックアントの身動が取れなくなった瞬間、俺は一番近い獲物から首をはねていった。

しかし三匹目を仕留めた頃、残り二匹が自力で氷を壊して『嵐の中の輝き』たちに襲いかかる。

「くそっ！　二匹そっちに向かった。備えろ」

俺は振り返り叫んだ。

「俺が右でカレンが左だ。一匹ずつ確実に仕留めるぞ！　いくぞ、みんな！　まずは左から」

「「「おう！」」」

シローが叫び、四人の指揮を取る。

「蟻さんこちらっと！」

——ガキ～ン

「お前はこっちだ！」

——ドン

カレンとシローが前に出て、二匹のアーミーブラックアントの攻撃を盾で受け止めた。

「ディフェンスアップ、ホーリーヒール」

その瞬間、テリーの補助魔法と回復魔法が二人を包む。

「ハッ」

——ザシュザシュザシュ

カレンの相手には、死角からエレドアが連続攻撃を仕掛けて足の関節を狙い、右側の足を全て胴体から切り離す。

「アースフォール」

シローの相手にはミケルが土魔法で攻撃を仕掛けた。

いや、あれは足止めか！

動きが止まったところを狙い、落とし穴に落として時間を稼ぐつもりか。

「さっさと、くたばりな！」

――ザシュ
身動きが取れなくなったところをカレンが首をはねてとどめを刺す。

「ほら、さっさと這い出てこい！」

シローが落とし穴に落ちたアントの注意を引くため、盾に剣の柄《つか》をぶつけ、ドンドンと音を打ち鳴らし、誘導している。

シローと反対側には、エレドアが気配を消して構えていた。

カレンはニールの前に移動して、詠唱を始めたミケルを守りに入る。

少し心配したが、これなら問題ないだろう。

無駄なくお互いをカバーして、二手先、三手先を考えて動いている。

「ヒヒーン（ぼくも～）」

――ドン、グシャ

「「「「えっ！　…………」」」」

しかしここで予想外の出来事が……

ニールがやる気になって駆け寄り、落とし穴から這い出てきたアントの頭を踏み潰してしまった。

これには『嵐の中の輝き』の五人も驚きで言葉を失って、俺は苦笑い。

リタは必死に笑いを堪えている。

自分の出番は自分で作る奴なんだよ。本当にすまん……

俺は急いで、『嵐の中の輝き』たちのいる落とし穴のところへ行き……

「すまん、本当に申し訳ない」

開口一番、ニールの行動を謝罪する。

獲物の横取りというか、なんかあの場の空気が一変してしまった。

「いっ、いえ大丈夫です。助かりました。ははは……」

「すげーな！　外殻がベッコリへこんでるぞ」

「すごいぞニール、すごいすごい」

「流石ですニール」

「まったく気がそれちまうよ。それにしても強いな！」

みんないい奴らだ。

五人ともニールを責めず褒めてくれている。

それを真に受けて、堂々とした自慢げな顔のニール。

うん、ニールには後でちゃんと説明しないとな。

と思っていると嫌な気配を感じ、不安に襲われる。

「来るぞ！　全員散開、気を付けろ」

「バンの旦那！　デカすぎやしませんか？」

「無駄口叩くんじゃないよエレドア。下がれ」

しかしそんな空気も束《つか》の間、巨大な蟻塚を轟音《ごうおん》を立てて倒壊させながら、数匹のアーミーブラックアントたちに運ばれてクイーンブラックアントが現れた。

俺たちに向かって狙いを定めている。

俺は女王蟻を見据えながら、後方に届くよう大声で叫ぶ。

「ニール！　ミケルを降ろして俺のところへ来い」

「ヒヒーン（はーい）」

――ドスン

「いたた〜、ひどいよニール」

ニールが嘶《いなな》き返事をした後ミケルを振り落とし、こちらに駆け寄ってきてくれた。

乱暴だが、緊急事態だから仕方ない。

「よっと！」

「ブルル〜、フーフー（いっしょにたおすー）」

「そうだな、一緒に倒そうな」

背後からすごい速さで俺の元へと来てくれたニールに飛び乗る。

使っていた大剣を背中の鞘《さや》に収め、アイテムバッグから大槍を取り出して構える。

「俺が囮《おとり》になる。みんなは射程外まで散開しながらいったん引け。射程を出たからって油断するなよ。女王蟻の正面には絶対に立つな！　テリーはニールにスピードアップとディフェンスアップの補助魔法を。ミケルは俺と女王蟻の間に遮蔽物《しゃへいぶつ》としてアースウォールをできるだけ立ててくれ。シローとカレンとエレドアの三人は、詠唱中の二人を守れ」

「「「はい！」」」

俺が言うと、一斉に返事する『嵐の中の輝き』たち。

「リタ、一発デカいの頼めるか？」

リタに聞くと、頼もしい答えが。

「任せて、ティアのおかげで私も魔力が上がってるから。でも少しだけ時間をちょうだい。その代わり過去最大の魔法をお見舞いするわよ」

「わかった。リタのその特大魔法を合図に仕掛ける」

各自、散開退避しながら女王蟻と距離を取る。

その時、突然ニールが飛びはねる。

俺は鬣《たてがみ》と手綱をしっかりと握り、膝《ひざ》を内側へ締め、振り落とされないようニールにしがみつく。

「突然どうした？　ニール」

「ブルル～ブルル～（ゆだん～だめ～）」

驚いて声を掛けると、珍しくニールから叱られた。

俺たちが先程までいた場所は酸に侵《おか》され、煙と音を立てながら、土が悪臭を撒き散らしていた。

「助かったよ、ありがとな」

「ヒヒーン、ブルル～（とまっちゃだめ～、うごく～）」

「その通りだな、頼むぞニール」

ニールも精神的にだいぶ成長しているようで頼もしいな。

身体の成長も、もうそろそろ落ち着いてくれると食費が減ってありがたいが……

「アースウォール、アースウォール、アースウォール、アースウォール……もう駄目……エレドアさ～ん、マナポーションくださ～い」

ミケルが指示通り俺たちと女王蟻の間にアースウォールを連発している。

しかし魔力切れが起きそうなほどクタクタになって泣き言を言っているようだ。

俺たちはすぐにたくさんのアースウォールのうち、一つを選び隠れる。

「スピードアップ、ディフェンスアップ。何かあってもすぐに回復します。気を付けて」

テリーが補助魔法を掛けてくれて、ニールの身体が光る。

多少の傷ならすぐに回復もしてくれそうだ。

「ニール、出るぞ」

「ヒヒーン（いっきまーす）」

俺たちは無数にあるアースウォールの間をじぐざぐに走りながら、女王蟻の注意を引きつける。

女王蟻は右を向いたり左を向いたりと右往左往、時々酸を噴き出してくる。

俺たちに当たりはしないが、徐々にアースウォールの数が減っていく。

リタに頼んだデカいのはもうそろそろか……

「原神水竜《げんしんすいりゅう》ティアマト様、私たちの願いを叶え、召喚に応じその力の一部をお貸しください」

最前列のアースウォールの陰に隠れた瞬間、リタが唱えた。

その時、底の見えない巨大な魔力を備えた、美しい女性らしき何かがリタの前に現れた。

あれがティアマトか？

俺もニールも、女王蟻も兵隊蟻たちも、その強大な存在感に戦闘を忘れ、注目してしまう。

これはヤバい……過去一ヤバい……

どうか巻き込まれませんように……

「未だ私を忘れず慕《した》うかわいい子よ。その敵を駆逐《くちく》してあげましょう」

そうティアマトがリタとティアに優しく話しかけた。

ティアマトが両手指先から放った魔法は糸のように細い何かで、その糸は周りの木々や残っているアースウォールの土壁を切り刻み、そのまま女王蟻と兵隊蟻たちも手当たり次第切り刻んでいく。

俺とニールは恐ろしすぎて、今いる場所から一歩も動けないでいた。

リタはいったい何を召喚してしまったのだろう……

怖い……怖すぎる……

俺の腕を少し掠《かす》りそうになったり、ニールの尻尾の毛が少し切れたし……

リタは過去最大とは言ってたが、なんなんだよもう……

「キューン（こわい～）」

「我慢だニール……俺と一緒にじっとしてような」

こんな怯えて寄ってきたニールは本当に久しぶりだ。

しかしなんなんだ、この圧倒的な破壊力は……

あっ！　『嵐の中の輝き』たちは？

だよなぁ～。目を見開き口を開け、ぽか～んとするよな～。

わかる……わかるぞ……

「ほれ、とどめはそなたが刺してやれ」

「へっ?!」

「そうじゃ、リタの伴侶《はんりょ》のお主じゃ」

「えっ！　いや、まだ、その～、はい、わかりました……」

女王蟻はもう身体が切り刻まれ虫の息（蟻だけに……）。兵隊蟻たちは身体がバラバラだ。

しかも綺麗に関節や急所を狙われ、外殻には傷一つない。

なんだろう、女王蟻が少しだけ可哀想に思えてきた。

ここでとどめを刺して楽にしてやるのがせめてもの情けか。

「ニールはここで待っててくれ、行ってくる」

「キューン、キューン（はやくかえってきて～）」

怯えるニールに声を掛け、女王蟻の後頭部に接近する。

デカい二つの目と視線が合った。

（ひどすぎませんか？　一応ボスなんですが……）

そんなことを訴えているような気がしたが、流石に気のせいだと思うことにする。

なんか……申し訳ない……

——ザシュ
心の中でそう謝りながら首をはねた。

そしてニールを連れて、リタの元へ急いで戻る。

とりあえず召喚された者の正体は知っておきたい。ティアマトとか言ってたが……

「リタさんや？　こちらにおわすお方は？」

「太古、この世界を創《つく》りし始原の神、そして神々の母であり海の支配者たる大竜神《だいりゅうじん》ティアマト様よ」

「えっと……ティアの名前の由来の？」

「そうよ！　召喚する時に必要な魔力をティアにも協力してもらったら、できちゃった♪」

「できちゃったって……」

「おい二人とも、妾《わらわ》は無視かのう？」

と、いきなりティアマト様が話しかけてきた。

「「！　申し訳ございません」」

「本来なら分身体の幻竜《げんりゅう》を遣わし力を貸すつもりであったが、リタに話があってのう。妾が現れたのじゃ」

「なんでしょうか？」

「こんな昔の神である妾を慕ってくれる礼として、妾の加護を授けてやろう。水や氷の魔法ならば今まで以上に扱えるぞ。何より妾の加護さえあれば、異種族との子も授かりやすくなろう。妾は母神の最上位じゃからのう。せっかくの伴侶じゃ、励めよ」

「ありがとうございます！」

「ではまたな。たまには召喚してくれてもよいのだぞ」

「…………」

相当リタは気に入られてるみたいだな。加護まで授けてもらえるなんて。

そして魔法の操作や威力も上がるのか！

最後のは……聞かなかったことにしよう……

そしてティアマト様は消えてしまった。

すごい神様っぽいのに、意外と構ってちゃんなのか？

まあ面倒くさいことは後で考えるとして、まずはあの呆けてる五人を正気に戻すか……

「おい！　しっかりしろ。目を覚ませ！」

俺が『嵐の中の輝き』の五人に向かって叫ぶと……

「死ぬかと思った……」

「あれが神……」

「いっ！　生きてる！　よかったぁ～」

「リタ、なんてもん召喚するんだい！」

「こりゃ早めに伝える覚悟ができちまったな……」

それぞれ思うことがあったみたいだ。

確かに、生きた心地がしなかったもんな……

「よし！　そろそろ素材を回収するぞ」

あれから一息ついて、みんな落ち着いたところで声を掛け、倒したアントたちの死体の回収や解体を始めた。

いやぁ～、ほとんどティアマト様が殲滅《せんめつ》しただけなんだけどなぁ～。

俺たちが討伐してないが、いいのか？　まあ深く考えないでおこう。

「バンさ～ん！　これ見てくださ～い」

女王蟻ことクイーンブラックアントの亡骸《なきがら》を調べていると、壊れた蟻塚の瓦礫《がれき》を探っていたミケルが俺を呼んだ。

「どうした？」

「これって……絶対何匹か逃げてますよね……」

「かもな………」

「それに蟻塚の大きさに比べて、中の幼虫の数が少なすぎると思うんです」

ミケルが瓦礫をどかしたその下には、そこそこの大きさの穴が空いている。奥へと続いていそうな感じだ。

そして確かにミケルの言う通り、幼虫や卵が明らかに少ない。

クイーンは自らを盾とし囮とし、巣の全滅だけは逃れたというのだろうか……

「全ては推測でしかないからなんとも言えんが、ギルドへの報告はしっかりすべきだろうな」

「そうですね。また時間が経ったら現れるかも」

「その時はその時さ。あまり深く考えても先のことは誰にもわからん」

「ですね……」

穴を見ながらミケルと話をしていると、何やらカレンとエレドアが騒いでいる。

それをリタがニヤニヤと見ているが、どうした？

「おっ、俺もカレンが引退する時は一緒に引退する」

「えっ！　突然何を言ってるんだいエレドア？」

「引退しても稼いで稼いで稼ぎまくって、絶対カレンも子供も幸せにする」

「突然……どうしちまったんだい？」

「だからその時まで無事生きてたら、俺と結婚してくれ」

「………はい、よろしくお願いします」

マジか！　ここで？　エレドアが突然カレンにプロポーズだと！

まあいつ死ぬかわからないからな。思いを伝えとくのは大切だ。

タラレバで考えても仕方がないし、後悔もしたくないしな。

そしてカレンも恋する乙女みたいな表情に。

「きゃ〜〜〜〜♪」

リタさんや、お静かに……

シローやテリーは知っていたのか？

微笑んで拍手してるが、その手は今アントの体液まみれだぞ！

俺も人のことは言えないか。

風呂とは言わんが、水浴びは絶対に早くしたい。

ミケルだけが時が止まったみたいに動かなくなったな！

もしかして……ミケルだけ二人の関係を知らなかったのか？

「おい！　ミケル、大丈夫か？」

「まさか、まさか、まさか、まさか！」

「おい、しっかりしろ」

「これで妻も恋人も彼女もいないのは僕だけか～」

……まあミケルも若いからなぁ～。そういう悩みもあるだろう。

シローは思い人がいるらしく、テリーは妻と子がいるそうだ。そしてここに来てエレドアにも相手ができた。しかも、カレン。

ダンジョン街に着いたら、ミケルを夜の繁華街にでも連れてってやるか。

リタの許可が取れればだが……

5話　ダンジョンとドラゴン

アントの討伐を終え、その後は寄り道もせず順調に進んだ俺たちは、北東のダンジョン街にたどり着いた。

まあ、街に入るための検問の行列はすごかったが……

「よし、到着だ」

そこで『嵐の中の輝き』たちとは別れることに。

「バンさん、ありがとうございました。また見かけたらぜひ声を掛けてください」

「「「ありがとうございました」」」

シローと他のメンバーが挨拶した。

「じゃあなリタ、またな」と、カレン。

「うん、カレンも頑張ってね」

『嵐の中の輝き』たちは、今日はこのまま宿で休むらしい。

俺たちはアント討伐の報告のため、そのまま冒険者ギルドへと向かった。

ここもすごく久しぶりだな。

外壁も大通りと街の建物や雰囲気も変わってない。

あと、並ぶ列の長さも……


「バンにリタ！　久しいのう」

ギルドに入ってすぐ、併設された酒場から声を掛けられそちらを向く。

すると、懐かしい顔に出くわした。

「「ボウモア？」」

それに驚いていると、さらに驚くことに……

「レオンも来ておるぞ」

そう言って二階へと続く階段を親指でクイッと指すボウモア。

ちょうどレオンの兄貴が疲れた顔して下りてきた。

「兄貴？」

「レオン？」

「おっ！　久しぶりだなバン、それにリタも」

この四人が全員揃うのは、俺がかつて捕まった時以来か。

しかし辺境伯領のギルマスであるレオンの兄貴が、ボウモアと一緒にいるなんて……何か面倒事か？

「おい！　あそこのテーブルすごくね～」

「あれは、疾風《しっぷう》のレオン！」

「名工ボウモアだ。俺の装備どれか作ってくんねえかなぁ～」

「あれはリタお姉様じゃ！　キャア～～～～」

「あのデカい図体の男は誰だ？　どっかで見たことが……」

なぜか俺たちのテーブルがギルドのフロア全体から注目の的になってしまっている。

レオンの兄貴にボウモアにリタ。確かに目立つメンツだ。

俺は馭者の服装だからバレてはないみたいだが、バレればたぶん一番面倒なのは俺だろうな……

「ちと、うるさいのう」と、ボウモア。

「そうね、場所を変えましょう」と、リタ。

「それじゃ宿で話そう、二人にも頼みたいことがある」と、兄貴。

俺たち四人は冒険者ギルドを出て兄貴たちの宿へと向かった。

アント討伐の報告は明日にするしかないか……

しかし、兄貴の頼みとは？

◆

北東のダンジョン街、最高級の宿に併設するレストラン。

そこの個室に連れていかれ、今俺たちは再会の宴《うたげ》をしている。

あれ？　兄貴は話があるって……

「従魔たちもここの厩は気に入ったみたいだぞ。二人とも、今日はここに泊まっていけ。さあ、とことん飲むぞ〜」と、兄貴。

「そうじゃのう、とことん飲むぞ〜」と、ボウモア。

「「…………」」

黙り込む俺とリタ。

大事な話とはいったい……

リタも飲んではいて、始めは楽しそうだったが、今では少しイラついている。

視線で俺に合図をしてくる。

早く話を聞き出して終わらせろ的な雰囲気がヒシヒシと伝わってきた。

「しかし兄貴もボウモアも、こんな高い宿大丈夫なのか？　それに話ってなんだ？」

「大丈夫なんだなぁ〜、これが〜」

「そうじゃそうじゃ、こんな機会めったにないわい」

どうも要点を話してくれない。

二人ともそこそこ酔っ払っているのか？

「いい加減にしてくれる？　ついさっき到着したばかりで疲れてるんだけど！」

ああ……とうとう部屋の気温が下がり始めた。

雰囲気的にも物理的にも……

リタの魔法のせいで……

「すっ！　すまんリタ、話す、話すから」

「すまん、だから氷魔法はやめてくれ。儂《わし》らは寒いのが苦手だと知っとるだろう」と、ボウモア。

「それじゃあ、話してくれ兄貴。リタも許してやれよ」

「フン……さっさと言ってよね」

「すまなかったな。それと、これから言うことは他言無用で頼む」

そう話し始めるレオンの兄貴。

なんでも、辺境伯様の子息様が北東のダンジョンに腕試しに行って、そのまま行方不明らしい。

その救出依頼をこの街の冒険者ギルドに出したが成果が出ず、辺境伯夫人からのご指名でレオンの兄貴へ依頼が来たそうだ。

兄貴はちょうど暇をしていたボウモアも誘ってやってきたが、何度かダンジョンに潜っても成果が出ないそうだ。

「で？」

「いや～、そこでぜひリタ様のお力を～」

不機嫌なリタに頼む兄貴。

そうか！　リタの精霊魔法で探すということか。

「レオン、気持ち悪い……受けてもいいけど条件があるわ」

「なんだ？　リタの嬢ちゃん」

「バン、素材リストを出して」

「おっ、おう、これだ！」

俺がリンからもらった素材リストのメモを渡すと、リタが何か書き足している。

「この素材を全部集めるの。レオン、ボウモア、二人とも手伝ってね♪」

「「本気か！」」

◆

そんなわけで、俺たち四人はダンジョンに潜っていた。

「まったくよ～、高くついたもんだな～」

「牙《きば》に爪《つめ》に鱗が久々に手に入るぞい」

レオンの兄貴はボヤきながら、ボウモアは貴重な素材の山分けを期待して。

辺境伯様の子息捜索が目的なのだが、二人ともドラゴン狩りしか頭になさそうなのは気のせいか？

「兄貴、まずは子息の捜索だろ？」

「ああ、でももう半月経ったからなぁ～」

「流石に見つかる可能性は低いじゃろう～」

おいおい、二人してやる気ゼロかよ。

「じゃあなんで？」と尋ねると……

「遺品ぐらいは見つけて持って帰らないと、流石になぁ～」

「それぐらいは成果を見せんと、宿代も飲食代も払わんとか言いかねんしのう～」

「なるほどなぁ～」

辺境伯様の支援があるから、宿で豪遊してたのか。

「三人とも、うるさい！」

「「「すまん………」」」

リタに叱られ、三人で謝る。

「けどな！　俺たちもここまではちゃんと捜索したんだぜ！」と、レオンの兄貴。

「そうじゃ！　それにここから先の遺跡エリアは子息とその護衛たちには無理なはずじゃ」と、ボウモア。

　この北東のダンジョンは全三十層の地下迷宮。

活火山の麓に洞窟があり、そこが入口だ。

そこから地下へと階層が続き、現在五層までの洞窟が終わり、遺跡エリアへと入るところだ。

「リタ、ここまでの道のりで精霊たちはなんて？」

そう聞いてみるが……

「なんにも……たぶんこの先に行ったわね」

「「はぁ〜〜〜〜〜」」

この先の遺跡エリアは、冒険者ギルドではシルバーランク以上のパーティーで向かうのを推奨としている。

魔獣や魔物の強さが上がり、身体能力が高くないと進めない場所が多く、ソロでは難しい。

俺たちは前衛にレオンの兄貴とボウモアの二人、真ん中にリタ、後方が俺の順番で進んでいる。

出くわす魔獣や魔物は、基本前衛二人で片がつく。

挟み打ちや後ろからの不意打ちは俺が警戒し、リタは精霊魔法で探索を進める。

俺たちもこうなんだから、成人したての坊っちゃんでは攻略は無理だ。


しばらくして、リタが言う。

「ここでいったん休憩して、それから遺跡エリアに進みましょう。少し疲れたわ……」

リタ一人だけ常に魔力を多く消費しながら進んできたので、いくら俺たちの中で一番の魔力量を持っているとはいえ疲労が溜まるのだろう。

リタは休憩中にマナポーションをゆっくりと飲み、座って寛《くつろ》いでいた。

その間は男三人で順番に見張りに立ち、交代で休憩を取る。

俺は休憩中、気になっていたことをレオンの兄貴に尋ねた。

「なぁ兄貴、なんでギルマスの兄貴がわざわざ来たんだ？」

「それは辺境伯家からの依頼で……」

「本当は？」

「…………」と、黙る兄貴。

「こやつは書類仕事ばかりが嫌で、辺境伯家の依頼にかこつけてサボりに来たんじゃよ。ワッハッハ」と、笑うボウモア。

「いやな、その、俺書類仕事嫌いだし。でもギルマスだとそうそうダンジョンなんかに潜れないだろ？」

「…………」

「そっ、それに、三人目を授かっていろいろと物入りだから、適当に討伐して素材を売ろうと思ってな！　なんなら鉱石も掘れたらと……」

「「えっ！　三人目？」」

俺、リタ、ボウモアで同時に言ってしまう。

「おう！　だからちょうどいいかと思ってな！」

「そういうことは先に言えよな……」

「あれ？　言ってなかったか？」

「「聞いてない……」」

「というわけでお父さんは稼がねばならんのだぁ～」

そうか、兄貴のところの子供、もう三人目か……月日が経つのは早いもんだな。

だがリタがさっきリストに書き足した素材――そう、ドラゴンの素材であれば、報酬を四人で山分けしても当面の金は大丈夫だろう。

本当はその前に子息を探さなきゃならんのだが、どうだろうか……


休憩を終え、巨大な遺跡の通路を警戒しながら進む。順番は変わらず俺が最後尾だ。

しかし遺跡エリアに入ると後方からも襲撃が始まった。

出くわす魔物や魔獣の種類も様々だ。

魔獣は巨大化したスライムやラット、バットにマイマイ、スパイダーやモスキートなど多彩すぎる。

魔物もゴブリンやコボルト、オークにオーガと全員集合状態かよ。

それでも特には危機に陥《おちい》ることもなく、討伐しては各自のアイテムバッグに死体を手早く詰め込んでいく。

本来なら解体して必要な素材だけをしまうのだが、そんなにのんびりとはしていられない。

かと言って捨てていくのはもったいないので、（三人目の出産祝いを兼ねて）この方法で進んでいった。


そんな戦闘を続け、数回階層を下ると、遺跡エリアの中枢へとさしかかる。

ここは元神殿の跡地らしく魔獣も魔物も入ってこれない。なんでも結界がまだ働いているらしいが、俺には専門外だ。

とにかく、敵となるものが襲ってこないセーフティエリアなので、休憩には持ってこいだ。

「ふう〜〜〜。みんなお疲れ、ここで長めの休憩を取るか〜」

「はぁ〜〜〜、そうじゃのう〜。流石にこたえるわい」

「この先に向かうなら、ここで一泊してから行きましょうよ。もう疲れたわ」

リタの提案に兄貴もボウモアも賛成し、野営の準備をする。

その時、何やら奥のくずれた祭壇《さいだん》の方から微かな違和感を覚えた。

「おい！　誰かいるのか？　リタ、頼む」

リタが精霊魔法を唱え調べた。

「ええ……えっ！　これは……」

リタの反応からすると何か発見したのか？

先客か？　それとも……

「リタ、どうした？」

「探してた相手じゃなかったけど関係はありそうね。危険はないわ。バン、確認して」

「わかった」

俺は周囲に気を配りながら進み、くずれた祭壇の裏に行く。

そこには薄汚い黒ずくめの犬獣人の死体があった。

死後十日以内って感じだな。

装備は割と最近のものだが、なぜか汚れている。わざとつけたのか……

死因は胸部を貫かれた刺し傷だろう。

死体の持ってるショートソードには相手の血らしきものがついている。

ここで戦闘になり殺されたようだ。

相手も傷を負ってはいるが、ここにいては危ないと逃げたのか？

死体を調べながら考えていると、見たくはないものを見つけてしまった。

この左腕の内側に彫られた入れ墨は……

「バン、何かわかったか？」

「兄貴……面倒くさいことになった。こいつ裏の奴らと繋がってるって噂のゴールドランクパーティー、『サイクロプス』のメンバーかも」

「本当にめんどくせぇ～～～」と、叫ぶ兄貴。

リタがこちらに来て、一緒に死体を検分し始める。

「バン、なぜわかったの？」

「この入れ墨だよ、確か奴らの仲間の印だったはずだ」

『サイクロプス』は勝手に狩り場の縄張りを主張したり、直接商人に素材を下ろしたり、街中では徒党を組んで闊歩《かっぽ》したり、新人に絡んだり騙したり……とにかく、昔から嫌な噂が絶えない奴らだ。

確かリーダーの名前はシュタイナーだったか？

冒険者たちの中には少数派だが、入れ墨を入れる奴らがいる。

死んだ時どこの誰かとわかるために、仲間意識を高めるためにと理由はいろいろだ。

結局それが今回の手がかりとなったわけだな……

「それにこれじゃのう、ほれ」

ボウモアも検分に加わり、冒険者のタグを死体のポケットから取り出した。

それを俺に投げてきたのでキャッチし、確認する。

死体の名前はアンディーか。こいつ自身のランクはシルバーで、パーティー名は『サイクロプス』と記されている。

やっぱりな……

「こりゃ～、なんか裏がありそうだな」

ボウモアも考え始め、俺はレオンの兄貴に今後の行動を尋ねる。

「で、どうするよ？」

「う～ん……ダンジョンの入口でこいつのパーティー名での入洞申請はなかった。これだけでもランク降格処分に値する。そんなリスクを背負ってまで、子息と同じタイミングで入り、仲間は魔物いないセーフティエリアの戦闘で殺されてる……ってことは、子息の暗殺目的だった可能性もあるな。装備が汚れてるのも黒ずくめなのも、暗殺者として目立たないためだろう。ダンジョンだと死体は時間が経つと吸収され何も残らん。ここは元神殿で、ダンジョンの影響がないからこいつの死体が残ったがな。それに、この証拠となる死体を処分する暇もなかったってことは……」

兄貴が情報を擦り合わせ、現状を考察する。

「暗殺は失敗して……もしかして、子息はまだ生きてるかも？」と、リタが口にした。

「そうだな。可能性は高い。だが今日はここで一泊して、十分に休んでから先に進むぞ。言っとくけどな〜、ここまで捜索しながら来たが、普通の冒険者だと一日でここまでたどり着けないからな！」

「それは兄貴が先頭で速く進むのが悪い」

（うんうん）

俺が言うと、リタとボウモアが頷く。

「えっ！　俺か？　いやな、お前らが普通についてくるから……すまん、なんか昔みたいで楽しくてな♪」

確かに俺も懐かしく思うけどな。

それからは俺のアイテムバッグに死体をしまい、交代で見張りについて一晩休んだ。

◆

翌日、特に襲撃もなく全員が食事と仮眠を取り再出発。

「しかし、こんなにのんびりでいいのかのう？」

そうボウモアが呟《つぶや》く。

それは俺も思っていた。

『サイクロプス』が子息を狙ってるとしたら、本当はこんな悠長にしてる余裕はない。

「そんなの、子息がダンジョンに潜った時点で自己責任だ。俺たちは依頼だから来ているが、それでも自分たちを危険に晒してまで助ける義務はない。魔獣や魔物と同時に『サイクロプス』の奴らが襲ってきたら流石に厳しい。自分の命優先だ。なんだったら、その死体を持って帰って手を引くと伝えてもいいぐらいだろう」

レオンの兄貴はそう言いながらオレのアイテムバッグを指さす。

「だがな、俺はこれでも辺境伯領でギルマスをやってんだ。流石にそれじゃ～格好がつかねえからな。ただただ、めんどくせぇことにはなっちまったがよ」

そう言い放つ兄貴。


それからはみんなで軽口を叩きながら、戦闘をこなし進んでいった。

魔獣や魔物はより強く、より上位種が出てくるようになり、前より手間がかかる。

それでも難なく進んでいくが、問題が一つ……

「兄貴、この倒した魔物や魔獣の死体の山も持って帰るのか？」

「おうよ！　ダンジョン産上位種の素材となればより儲《もう》かる。それにギルドへの土産《みやげ》ってとこだな。みんな喜ぶしボーナスも出せそうだ！」

「わかった……なら一度下位の素材捨てて、交代で入れ直すのはどうだ？」

「おお！　流石バン、冴《さ》えてるじゃねえか」

いやいや、それは気付けよ兄貴。

久しぶりの戦闘で少し興奮してるのか？

相当ストレスが溜まってたんだな……

アイテムバッグ内の素材の詰め直しを始めると、リタが文句を言う。

「え～、面倒くさい～」

「まあ～、そう言うなよリタ。これが終わって外に出て、その後レースに出たら、しばらく少しゆっくりしよう」

「二人きりで？」

「ああ……うん……」

「ならいいわよ♪　やるわ」

リタはそもそも捜査にやる気がない。

どちらかというとドラゴンの素材が目当てなんだろう。

レースに出場するためにもさっさと終わらしてリンに素材を納品したら、本当にゆっくりしたいもんだ。

「バンもリタの嬢ちゃんの扱いが上手いのう」

「おうおう、見せつけてくれるじゃねえか～。俺も早く帰りてぇ～よ～」

うるせ～オヤジどもめ、さっさと詰め直せ！


素材の詰め替えも済まし、順調に進んでいると……

「あの建物の中にいるわ、狩るわよ」

リタはそう言って通路の突き当たりにある、大きな遺跡を指さしながら声を上げた。

「狩るって何をだよ？」

「ドラゴ～ン♪」

「「えっ！」」

男三人で声を上げてしまった。

「そこまで強い個体じゃなさそうだからちょうどいいわね」

何がちょうどいいのかわからん……ここにいるドラゴン、上位種って話だろ。

「バン、いけるか？」

「ああ、それでどうする？」

尋ねると、兄貴が指示を出す。

「よし。まずは全員が身体強化を使い、リタによる補助魔法でも強化。その後、リタは魔法攻撃による先制だ。できれば目隠しになるような魔法を頼む。ボウモアはリタの護衛に徹してくれ。俺とバンは左右に分かれて両側から後ろ足を攻撃。リタはチャンスがあれば弓で顔を狙ってくれ。全員ブレスは常に警戒」

「「了解」」

通路の端に寄り、交代で装備を整える。

俺とリタは本気の冒険者装備。

レオンの兄貴とボウモアも、見たことのない新しい装備をつける。

「兄貴は鎧《よろい》が新しいな」

「ああ、これは耐熱性に優れたレッドアリゲーターのレザーアーマーだ。内側はブルースライムの膜を貼ってあるから、涼しくて快適だぜ。俺は近接格闘が主だが、ルビーレッドドラゴンの側《そば》は熱いからな」

そう言って魔法無効化を付与してあるガントレットとレックギアを打ち鳴らす。

ババアと兄貴ぐらいだよ。魔法を拳《こぶし》や蹴りで打ち消すことができる冒険者なんて……

「ボウモア、それ新しい大斧と盾か？」

「おう、よくぞ聞いてくれた。お前と一緒に装備を作ってやった冒険者のドウたちが王都に行ったら、暇になってのう。ちょっくら作ってみたんじゃ。この大盾は展開して一・五倍の大きさまで広げられる。大斧は柄を伸縮できるようにしてリーチを変えられるのじゃ。そしてこの大盾を、柄を最大に伸ばした大斧の先端に取りつけると巨大斧になるぞい」

「「おお～～～、かっけぇ～～～」」

「じゃろう～～～」

ボウモアの新武装に俺とレオンの兄貴が感動していると……

「それ、強度はどうなの？　特に結合部分は？」と、リタに言われた。

「それは、まあ、その、一撃で壊れるかもしれんが……」

「今回の相手はドラゴンよ、厳しいんじゃない？」

「しかしこれは夢、そう、男のロマンが詰まった武装なんじゃ。女のお前にはわからんわい」

「あっそう。夢やロマンが優先で死なないようにね」

「くっ…………」

リタの言うことが正しいのはわかるが、どうしても憧れてしまうのは男の性分なのかもな……

「よし、みんな準備はいいか？」

（（（コクリ）））

「久しぶりに骨のある奴を狩るとするか」

（（（ニヤリ）））

不安と緊張よりも楽しさが勝ってしまって、全員が頷き、笑みを浮かべる。

もちろん、俺も同じだ。

建物の入口の両側に、二手に分かれて隠れる。

右に俺とリタ、左に兄貴とボウモア。

リタが詠唱を始め、俺は身体強化を目に集中し、建物の中の状況を窺う。

建物の中は広く、天井も高い。というか天井が抜けていて外が見える。

どこかの縦穴に繋がってるのか？　少し硫黄《いおう》の匂いが強い気がする。

そしてリタの言う通り、ドラゴンの姿が。

冒険者ギルドの情報が正しければ、ルビーレッドドラゴンはダンジョンのここより下層に生息しているはずだが……この個体、はぐれか？

成体よりも少し小柄で、二本ある角《つの》が一本欠けている。

身体もところどころ古傷があるがすでに塞がり、問題なく動けそうだ。

ドラゴンは広間の中央で丸まり寝ている……

リタの魔力が高まる。

それに合わせボウモアは盾を展開、いつでもリタの前に出られるよう準備する。

うん？　兄貴も魔力、というより闘気《とうき》を練っているのか？

俺も昔少しだけ教わった、アルティのババアの流派の初歩技術。

魔力ではなく生命力を強い意志の力で練り上げ、瞬間的に潜在能力を引き出す技が『気力』。

確かその上が、魔力も一緒に練り上げ効果を数倍にする技、『魔闘気《まとうき》』だったはず……

俺は兄貴の本気についていけるのか……

いや、できると言った手前、食らいつくしかない。

俺も覚悟を決めて魔力を練って、身体強化を両足に集中する。

「グルルー」

リタの膨大な魔力に気付き、眠りから覚めたドラゴンが顔をこちらに向けた。

その瞬間……

「グオオー」

と大音量の鳴き声が響く。

空気が震え、建物もその影響でところどころくずれ、瓦礫が落ちてきた。

「ちっ、気付かれた。予定変更、俺とバンが左右に分かれ同時に突っ込む。奴が狙いを右にするか左にするか迷った瞬間に、リタがぶっぱなせ。そしてボウモアも、俺たち二人どちらか狙われたら援護を」

（（（コクリ）））

「バン、いくぞ。合わせろ」

「了解」

――ドンッ
レオンの兄貴と呼吸を合わせ、同時に踏み込み、物陰から飛び出した。

俺が右に、兄貴が左に走りながら広間の中へ入る。

「グルル？　グル？」

予想通りドラゴンは長い首を左右に振り、狙う先を俺にするか兄貴にするか迷っている。

その隙をリタが見逃すはずがない。

「アイシクルブラスト」

リタの魔法が放たれた。

リタの目の前に現れた魔法陣から、巨大な氷でできた槍状の塊が現れ、ドラゴンの顔目がけてすごい速度で飛んでいく。

そして当たるまで数メートルとなったところで……

「氷槍よ爆《は》ぜろ、そして氷雨となりて我が敵を穿《うが》て」

リタが追加で詠唱すると、氷の大槍は弾《はじ》け、無数の矢となりドラゴンに襲いかかった。

「ギャオーーーー」

ドラゴンは俺と兄貴に気を取られ反応が遅れていた。

防御することもできず横殴りの豪雨のような無数の氷の矢をもろに受け、悲鳴を上げるドラゴン。

矢を食らった場所から血が噴き出る。

その後さらにリタが、ドラゴンの高温の表皮を凍らせるほどの冷気を発生させ動きを鈍《にぶ》らせた。

ボウモアは、すぐさまリタの前に庇うように出て、大盾で反撃に備える。

顔が右半分凍ったドラゴンがその長い首を伸ばす。

ボウモアごとリタを食らおうと大きな口を開け襲いかかった瞬間……

「ハァー、フン、フン、フン」

――バキッ、ドカッ、バキッ
「グォォー、オッ!?　ギャオ、ギャオ、ギャオ――」

兄貴はドラゴンの左足へ右下段蹴り、左フック、右ストレートと三連撃を放つ。

建物の中に嫌な音が響く。

すげぇな……生きてるドラゴンの骨を攻撃で砕くの初めて見たぞ。

攻撃の痛みに耐えられなかったドラゴンは、ボウモアとリタを襲うのをやめる。

顔を歪《ゆが》め悲痛な叫び声を上げて、長い首を左右に振り暴れ始めた。

次は俺の番だな。

「フン」

——ザシュッ
暴れるドラゴンの動きを集中して読み、腿《もも》のつけ根を狙って大剣を振り下ろす。

切断までには至らなかったが、半分以上切り裂けた。

くそっ、まだまだか……

「グオオオ————」

痛みで暴れ狂うドラゴン。

このままだと建物がくずれちまう。

早めに仕留めたいと思っているとドラゴンが魔力を高め、口から炎が溢《あふ》れ始めた。

その熱で顔の氷も溶けていく。

ドラゴンは翼を広げ飛び上がると、建物の中に充満するほどの炎のブレスを吐こうとした。

ヤバいな……逃げ場がない！

俺たちを見下ろし、ブレスの魔法陣を顔の前に展開して口を開くドラゴン。

「「「やらせん（やらせない）」」」

全員でそう叫び、身体強化を足に集中してドラゴンの顔に向かって跳ぶ。

「おりゃっ」

――ドゴッ
「ゴフッ」

ボウモアが見せびらかしていた巨大斧を持ち、ドラゴンの顎《あご》を下から上へ殴り、そのままドラゴンの頭上まで飛び上がる。

その攻撃でドラゴンは口が閉じ、魔法陣も消えた。

「隙だらけね」

――シュッシュッ
リタは露《あら》わになった喉を二刀のレイピアで交差するように切り裂いた。

ドラゴンは声にならない悲鳴を上げる。

「フン」

――ザシュ
俺はドラゴンの左目を狙い大剣を横薙《よこな》ぎに振るう。

結構深めに綺麗に切れたな。

「大陸不敗奥義、魔《ま》洸掌《こうしょう》」

レオンの兄貴は詠唱（？）をしながら、なぜか光っている右手でドラゴンの左側頭部を掴む。

なんか手がデカくなっていないか？

「爆散」

――ドカァーン
そう唱えるとドラゴンの掴まれた場所が爆散した。

なんだそれ！　すげーな兄貴！

「とどめじゃあー」

――グサッ
最後にドラゴンの頭上に滞空していたボウモアが、巨大斧を振りかぶり叫びながら落ちてくる。

そしてドラゴンの脳天目がけて、巨大斧を振り下ろす。

落下の速度も加わり、巨大斧が刺さった瞬間、ドラゴンは飛ぶのをやめて落下し始めた。

「風の精霊たちよ。私の仲間に衣《ころも》を纏わせて」

俺たちも一緒に落ちていたが、リタが魔法を唱えるとその速度がとても緩やかになった。

――ドスーン
大きな音を立てて落ちたドラゴンの上に、ゆっくりと降り立つ俺たち。

「鮮度がいいうちに処理するぞ。嬢ちゃんも手伝え」

「は～い」

ボウモアに返事するリタ。

「くそっ……」

「どうしたんだ、兄貴？」

なぜか悔しそうな兄貴に尋ねる。

「こいつ俺の奥義を受けたってのに、こっちを見やがった」

「本気か！　じゃあボウモアの追撃はオーバーキルじゃなかってことか？」

「ああ……師匠ならこのでかい顔全部吹き飛ぶのに……また修業でもすっかな」

「流石にギルマス辞めるわけにもいかね～だろ？」

「う～ん……」

「悩むなよ！　それこそババアに叱られるぞ？」

「だな……」

ドラゴン討伐達成したってのに通常運転だな、俺たち。

6話　陰謀

「また中身の入れ替えとか、本当に面倒くさい！」

「流石に二回目とは……ちと面倒じゃのう～」

リタとボウモアの愚痴も納得だ。

「整理してドラゴンの素材を全部持って帰るぞ！」

そうレオンの兄貴が言いだしたせいだ。

ドラゴンの素材は、一番貴重で高値で売れるレア素材。他の素材とは価値が違う。

だからといって、またアイテムバッグの中身を入れ替えることになるとは……

そりゃ～、二人も愚痴を言いたくなるだろう。

俺だってうんざりしてんだよ……

だからあまり視線で「よけいなこと言いやがって」と責めるのはやめてくれよ。二人とも……

「そう、バンを責めるなよ。リタもボウモアもドラゴンの素材価値は知ってるじゃねぇか？」

「まあね……」

「そうじゃのう……」

兄貴の言葉に渋々だが同意する二人。

だけど、あれ？　レオンの兄貴が俺を庇ってくれるのは嬉しいが、入れ替えを頼んだのは兄貴だろ？

なぜ俺が悪者に……もう面倒くさいから別にいいけどさあ……

そうだ！　話を変えるか。

「それよりこれからどうするよ、兄貴？」

「ここで引き返すのが一番楽だし安全だな」

「そうね、仮に子息を見つけられなくても仕方ないし、もう『サイクロプス』の奴らに殺されてるかも」と、リタ。

「そうじゃのう、辺境伯家にはドラゴンの牙と爪でも渡せば格好もつくし、納得もするじゃろうて」と、ボウモア。

三人とも、ずいぶんと捜索に乗り気じゃなくなってきたな。

まあ本当に暗殺なら、お家騒動や貴族間の争いって面倒事に巻き込まれる可能性が高いからな。

「何より、下層はここと比べものにならない奴らが湧いて出てくるエリアよ。子息や護衛はもちろん、冒険者の『サイクロプス』たちだって力不足で帰ってこれないわよ」

リタの言うことは説得力があった。

「確かにな。なら帰り道もしっかり捜索しながら帰るとするか？」

「「「賛成」」」

あいつらはしょせんリーダーがゴールドで、残りはシルバーの奴らばかりだったはず。

流石にドラゴンや、それと同レベルの魔獣や魔物が襲ってくれば力量が足りない。

子息や護衛は言わずもがな、それより低い戦闘力しかないはず。

なので帰還を言いだした兄貴の言葉にみんなで賛成し、来た道を戻り始める。


しばらくして、まずはセーフティーエリアに戻ろうと足を進めていると、突然リタが立ち止まった。

その瞬間、リタを守るように囲み周りを警戒する俺たち三人。

「リタ、どうした？」

「しー、少し黙って……」

俺がリタに話しかけると、何かに集中しているのがわかる。

俺たちは邪魔にならないよう、警戒を続けながら黙ってリタの言葉を待った。

「えっ！　そこに？　そう、ありがとう」

何か独り言のように呟いているが、たぶん精霊と話しているのだろう。

とにかく、何か新たなことがわかったようだな。

◆

俺の名はバーニィ。レンジャーでブロンズランカーの冒険者であり、北東ダンジョンの案内人だ。

表向きは……

数年前、ソロで冒険者をやっていた俺は、西の公爵領の冒険者ギルドで、中年の狼《おおかみ》獣人でシュタイナーというゴールドランカーに声を掛けられた。

「お前一人か？　ならどうだ、俺たちのパーティーに入らないか？」

俺はすぐにその誘いを受けた。

報酬がよかったし、仲間の人たちも実力者だったし……何より、犬獣人である俺と同じ獣人だったのが一番の理由だった。

このアルール王国では、表向きには種族差別がないと言われている。だが地域によっては多少なり変わる。

なぜかはわからないが……

そのハズレが西の公爵領で、たぶん領主の考えじゃないかって噂だった。

獣人を、魔物くずれや獣と蔑《さげす》む奴らが多い地域。

表立って言う奴はいなかったが、そういう考えの奴らは少なくなかったし、目でわかった。

だから、まあ、ソロで活動していたけど、やっとパーティーを組めた。

しかもブロンズの俺が、ゴールドランクのパーティーに入れた。

しばらくは、狩りや討伐に出たり、連携の訓練をしたりと楽しく過ごして稼いでいた。

先輩たちも気のいい面白い人たちだ。


だが、森で野営をしていたある時……

「依頼が入った。これから俺たちは北東のダンジョンに向かう」

おお！　指名依頼で、しかもダンジョンかよ！　リーダーはすごいな。

「内容は三ヶ月後にダンジョンを訪れる、北の辺境伯家第二子の暗殺だ」

暗殺？　しかも貴族の子息を？

「いいなお前ら。今回も失敗は許されない」

（（（コクリ）））

俺以外が頷き、気が動転している間にどんどん話が進んでいく。

「しかしリーダー、作戦はどうする？」

グラスの火酒を一気に飲み干し、次を手酌で注ぎながら熊《くま》獣人で重戦士のミハイルが質問した。

「まず俺たちは明朝すぐにここからダンジョンに向かい準備だ。ダンジョンへの抜け道を作り、検問を通らず入れるようにする。それとバーニィ」

「はっ、はい！」

「お前は現地の協力者からの口利きで、ダンジョン案内人に弟子入りして学べ。子息が来た時にお前が案内して、仕事の場所まで誘導しろ」

「えっ！」

リーダーの指示に驚く俺。

「バーニィにはまだ早いっすよ！」

先輩風をいつも吹かせたがる猫獣人の魔法使い、ガルシアがすかさず言った。

「俺はそう思わんぞ。バーニィならやれるだろう」

俺を信頼して言ってくれたのは同じ犬獣人でレンジャーのアンディー。

でも、櫛《くし》で髪を梳《す》かしながら言うのはやめてくれよ。毛が散る……

「この中で一番若く、子息と年が近いから懐に入り込みやすいのが理由だ。ダンジョンに潜る前になるべく子息や護衛たちと親しくなっておけ。それが依頼の成功率を上げる。バーニィ、できるな?」

「はい、がんばります」

思わず返事をしてしまった。

俺も仲間として信頼には応えたいし、先輩たちに認められたい。

「よし、これが子息の情報だ。覚えとけ」

そうリーダーから言われ、渡された手紙に目を通す。

アルフレッド・オーブリオン(通称アル)
北の辺境伯家次男で十二歳。
特技は剣術と火魔法。
幼い頃よりダンジョンへの強い憧れがある。

◆

翌朝、西の公爵領の領都から北東のダンジョンへとみんなで向かったが、道すがら俺はいろいろと考えてしまっていた。

貴族の暗殺って、とてつもなくヤバい依頼じゃないか？

なぜこのパーティーがそんなことを。しかも『今回』って言ってたから、初めてじゃないだろうし……

でも、みんないい人たちで新入りの俺にもよくしてくれる。

経験や実力だってあるし、真面目に冒険者をしてても食っていけるのに……なぜ？


ある晩、夜営だったので見張りをみんなで交代で回していて、俺の番になった時……

「バーニィ、ちょっといいか？」

「リーダー……」

俺の後の番のはずのリーダーが起きて話しかけてきた。

「納得いかないって顔だな」

「そんなことは……」

「道中ずっと顔つきが険しかったし、まだ俺たちの裏の顔を話してなかったからな」

「…………」

そう、俺だけ何も知らないし、わからない。

新人だし信頼されてなかったんだろう。

それが少しだけ寂しく思えたし、依頼の前に教えてくれたらとも思っていた。

「この国は、いくら平等を謳《うた》っていても、実際には貧富の差や身分や人種による差別が根強く残る地域も存在する。そんな場所で生まれ育った獣人の扱いなどひどいものだ。お前もわかるだろう？」

「はい……」

「そんな掃き溜めのような世界にいた俺に、希望を与えてくれた人がいた。そして教えてくれたんだよ。そんなクソみたいな世界でも金さえあれば変われる、変えられるってな」

「それでリーダーはこの仕事を？」

しかし犯罪は……しかも子供の暗殺だなんて……

でもなぜかリーダーの言葉が心地よく耳に響く。

そして罪悪感が薄れていく。

「そうだ。そのおかげで俺たちはシュタイナーさんに救われた」

リーダーと話していると、休んでいたはずの三人まで起きてきて、ミハイルが会話に入ってきた。

「身分はどうにもならねえが、金さえあれば生きていけるし、種族の壁もある程度は壊せたぜ」

「金があれば自然と周りの見る目も変わっていったなぁ～」

他の二人も言った。

俺だけじゃなかったのか。みんなそれぞれいろいろと事情があるんだな……

「この依頼を最後に、俺は真面目な冒険者業に戻ってのんびりとやるつもりだ。今回の報酬は今までで一番高い」

「ヒュー」

「そいつはすげぇや」

「後はのんびりした人生を過ごせますね」

　リーダーの言葉に口々に言う三人。

　結局、この話が終わると俺はモヤモヤとした気持ちがなくなり、依頼のことで思い悩まなくなった。

　でもなんでだろう？　なんか違うと思うんだが……

　まあ、いいか。

　頑張って案内人になって誘導するしかないな。

　北東のダンジョン街についてすぐに『サイクロプス』のメンバーとは別れ、協力者の口利きで俺は案内人の見習いになった。

　内部の地図を覚え、出現する魔物や魔獣を覚え、他にもいろんなことを覚え学んでいった。

◆

そして、二ヶ月が経った頃。

「まあ、半人前ってところだが、もう一人で依頼を受けてもいいだろう。頑張れよ」

「ありがとな、先生」

ようやくダンジョンの案内人として独り立ちできた。

その間は、週に一度は『サイクロプス』の仲間と顔を合わせて食事をして、お互いの近況報告を繰り返していた。

「リーダー、やっとお墨つきがもらえました」

「そうか、なら何組かを案内して早めに実績を積んでおけ。子息一行がダンジョン街に到着したら、協力者の紹介で、お前が案内の依頼を受ける手はずになっている。間違ってもその時に街にいないなんてことにはなるなよ」

「はい。そちらはどうなんです？」

「あと十日ってところだな。余裕で間に合うさ」

それからは冒険者数組をダンジョンへ案内して、あっという間に決行日になってしまった。

俺の案内は思ったより評判がよく、依頼が終わったら他のダンジョンで案内人として生きていくのも悪くないかな……なんて思う。


そしていよいよ子息と顔合わせの日になり、冒険者ギルドの応接室に入る。

真新しい装備に身を包んだ少年が座っていて、その隣に銀色のフルプレートメイルを纏った護衛の騎士がいる。

「アルフレッド様、こちらが今回のダンジョンの案内を務めるバーニィです」

ギルド職員が子息に俺を紹介した。

「よ、よろしくお願いしましゅ」

あっ！　やべぇ、噛んだ。

そりゃお貴族様なんて会うのも初めてだし緊張するさ。

しかし初対面の挨拶でこれはカッコがつかないな。

おい、騎士様よ。兜をしていても肩が震えていて笑っているのはお見通しだぞ。

クソッ……

「そう緊張しないで、よろしく。それと無理に言葉遣いに気を付けなくていいからいろいろと教えてほしい」

「わかりましゅた……」

そう子息に言われたが、俺はまた噛んでしまった。

「ふふふふふっ、ごほっごほっ、くくく……」

護衛騎士のツボに入ってしまったのか、笑い声が聞こえてきて驚いた。

ん？　声からするとこの騎士は……女性？

「すっ、すみません。私はアル様の護衛のクリスです。よろしく」

兜を取ると綺麗な赤毛の長い髪がこぼれ落ちる。

その頭には俺と同じ、獣人特有の耳があった。

こちらに微笑みながら挨拶をしてくれた彼女はとても美しかった。


それからダンジョンに潜るまで、みんなで一週間の訓練をした。

その間にアルとはかなり仲よくなれたつもりだ。今では気軽に話せて言葉遣いも普段通り。

もちろんこの話し方にはアルから了承をもらってる。不敬罪は怖いからな。

一行はアルにクリス、加えてその部下四名。

冒険者登録もしており、パーティーのランクはシルバーか……って、俺のランクより一つ上かよ！

アルはアイアンになりたて、しかも初ダンジョンで、浮き足立っているのがわかる。

しかし筋はいいし、貴族の子息なのにとても素直に俺やクリスの言うことを聞いてくれた。


そしてダンジョンアタック当日……

「それじゃ皆さん、上層の終わりまで進みます。中に入ったら必ず俺の指示に従ってください」

「わかってるわバーニィ、それではアル様、号令を」

「いざ、ダンジョンに向けて出発」

「「「おう」」」

そう……俺の役目は上層の終わりまで彼らを誘導して、仲間たちと協力して中層へ追い立て、全員始末すること……なのだが、なぜこんなにも胸が痛むんだ。

訓練中何度も中止を提案しそうになったり、クリスと二人だけの時など暗殺任務を話そうと思ってしまった。

そのたびに、頭にリーダーの声が響いて、意識が朦朧としたり、気分が悪くなったりと……

俺はヘタレなのか？　今更ビビってるのか？

自分の行動と言動が噛み合わない。

このすっきりしない気持ち悪さを抱えたまま、それでも順調にダンジョンを進んでいった。

休憩を挟みながら、三日掛けてようやくダンジョン上層の終わりにたどり着いた。

「アル、この先に見える遺跡群から中層エリアだ。遠目から見るのはいいが絶対に奥に行くなよ。魔物も魔獣も強く凶暴だ。必ず誰かと一緒に行動しろ。いいな？」

「わかったよ、バーニィ」

「よし、ここで休んで仮眠を取ったら引き返すぞ。よくここまで頑張ったな。すごいぞ！　アル」

流石貴族の子息と言ったところか、泣き言一つ言わずにここまで頑張ったアルを褒めながら頭を撫でてやる。

「もうやめろよ～、えへへ～」

アルは照れているのか、嫌がる素振りをしながらも嬉しそうだ。

「クリスもお疲れ様。久しぶりのダンジョンはどうでした？」

アルには砕けた口調なのに、クリスにはなぜか、まだそうできない……

「なんか思っていたより広がってますね。そして魔獣の種類が増えている？」

「そうなんですよ。ここ数年、なぜか今まで現れなかった種類が現れるようになって」

二人で話していると、脇道に潜《ひそ》んでいた熊獣人のミハイルがハンマーを振り上げて忍び寄る。

そしてクリスの後ろからハンマーを振り下ろそうとした瞬間……

「避《よ》けろクリス！」

なぜか俺はクリスを庇うように飛び出し、抱えて横へ飛んだ。

「ぐわっ」

――チッ
ハンマーが頭を掠り脳が揺れ、目の前が真っ暗になって気絶しそうになる。

「「バーニィ！」」

その時、クリスとミハイルが同時に俺の名を呼ぶ。

「逃げろ……クリス……アルを連れて……」

どうにか声を出してクリスに伝えるが、そこで俺の意識は途絶えた。

◆

「うっ……ここは……」

「起きたのね！　アル様、バーニィが意識を！」

「バーニィ～」

頭に響く痛みで覚醒《かくせい》した俺は、必死に気を失う前の出来事を思い出す。

だがいろいろと混乱し、うまく思い出せない。

そんな中、クリスとアルの声が聞こえ安心すると、やっと状況が理解できてきた。

確かみんなを上層終わりまで案内し、そこでミハイルに襲われそうになったクリスを庇って……

しかしここは襲われた場所ではない。

それにクリスは鎧を装備しておらず、レザーアーマーになっている。

閉じていた目を開けると、俺の顔を覗き込むアルの笑顔。それに傷だらけで心配そうに俺を見るクリスの顔があった。

しかも俺の頭の下には、クリスの太ももが枕に……

痛みより恥ずかしさに我慢できなかった俺は、慌ててどこうとする。

だがクリスに上から両肩を押さえられ、そのまま膝枕されながら何が起きたかを聞いた。

「ここは？　そしてあれからどうなった？」

「まだ横になって休んでてください、話しますから……」

「わかった……」

俺がクリスを庇った後、クリスはミハイルと一騎打ちになったそうだ。

他の護衛は、アルを守りながらリーダーたち三人と戦っていたらしい。

ミハイルの攻撃は破壊力はあるが速さなら勝てると考えたクリスは、鎧を脱ぎ捨てスピード勝負に持ち込んだ。

クリスは無事にミハイルを倒して護衛に加勢し、リーダーたち三人を退けたそうだ。

「無事でよかった」

俺がそう言うと……

「ありがとうバーニィ。あの時あなたが私を庇ってくれなかったら、今頃アル様も……」

「クリスはずっと泣きそうな顔でバーニィを心配してたんだよ！」

「アル様！」

そんなことを話すクリスとアル。

「それでここは？」

案内人として勉強したはずの俺が、見覚えのない場所にいることを不安に思い聞いてみる。

襲撃を受けた場所から少し上層に戻った通路の横穴で、入口を土魔法で塞いでいるという。

他の護衛は囮として中層のセーフティーエリアにある神殿を目指し、襲撃者たちを引き寄せて、その隙にアルを逃がす作戦だそうだ。

しかし失敗し、途中で襲撃者たちに襲われて、慌てて隠れ救助を待っているという。

「なんで置いていかなかった？　俺なんか足手まといだろう？　見捨てて先を急げよ！　それなら

アルを外に出せたかもしれないのに」

「バーニィ、あなたに聞きたいことがあります。なぜ襲撃者があなたの名前を呼んだのか……」

「それは………」

俺は迷ったが、結局全て正直にクリスとアルに話した。

二人は黙ってそれを最後まで聞いてくれていた。

「なぜ？　なぜあの時、私を庇ったの？」

とても複雑そうな顔で、泣きながらクリスが俺に聞いてくる。

アルはずっと黙ったまま下を向いて、膝を抱えて座っている。

「わからない。身体が自然と動いたんだ……」

「自然と？」

「ああ……もちろんもう二人を殺す気はないさ。まあもともと俺は二人を手にかける気はなかったけどな」

「なんで？」

――ドカーン
会話の途中に突如、壁がくずれた。

そして綺麗なエルフの冒険者と、黒いレザーアーマーを着た男が入ってくる。

「リタ、流石だな！」

「バン、もっと褒めてくれていいのよ」

軽口を交わしながらこちらに近寄ってきたので警戒していると……

「助けに来ました。アル様」

「あっ、レオン！　助かったぁ～～～」

いつの間にかアルの側に近寄り話しかけている獣人がいた。

アルとは知り合いみたいだなと思っていると、クリスも……

「レオン殿が来てくれたんですか？」と話しかける。

「クリスも無事か！」

「はい、ありがとうございます。助かりました」

「よく生きてたな、もう駄目かと思ってたぞ。それでその犬獣人の男は？」

アル様は、俺の悪事をこの獣人に話すだろう。

これは俺のろくでもない人生も終わったな……

◆

俺――バンはダンジョンの入口へ戻る道中、リタの精霊たちの捜索のおかげで不自然に塞がれている横道を見つけた。

そしてその岩壁の前にたどり着くと、リタが言う。

「バン、ここの壁を壊してくれる？」

「わかった……もしかして？」

「たぶんね」

俺はリタに頼まれ、身体強化を右腕に集中する。

そして打ち下ろすように壁を殴ると、簡単にくずれた。

奥にはレザーアーマーの女性、彼女に膝枕をされている軽装備の犬獣人の男、そして二人の近くで座っている少年がいた。

「リタ、流石だな！」

「バン、もっと褒めてくれていいのよ」

警戒しながら中に入り、リタと話しながら彼らの元へと向かう。

兄貴もすぐに少年に駆け寄り、声を掛けた。

「助けに来ました。アル様？」

「あっ、レオン！　助かったぁ～～～」

あの少年が捜索中だった辺境伯のご子息みたいだな。

兄貴はご子息様の無事を確認し、女性とも会話をしている。

面識があるらしく、少年と女性の二人は兄貴の顔を見て安心したようだ。

しかし未だに寝ている男のことを尋ねると、二人は黙ってしまった。

どうした？　ダンジョンの案内人じゃないのか？

「招かれざる客のご登場じゃ」

岸壁の前に見張りとして立っていたボウモアが、装備を構え声を上げる。

くそっ、『サイクロプス』が来たか。

兄貴は三人を庇うように構え、リタは駆け寄り二人の手当てを始めた。

俺はボウモアの隣に並び、大剣を構える。

すると獣人の冒険者が二人現れ、うち一人が大声を上げた。

「やれ、バーニィ！」

「俺にはできない……」

「何？」

倒れていた犬獣人の男、こいつらの仲間なのか？

しかし指示に従わないということは、裏切りか仲間割れみたいだな。

声を聞いてすぐに、治療中のリタがレイピアを抜いて犬獣人の男の喉元に突きつけている。

速っ！　流石だな……

「くそっ、洗脳が解けたのか……」

今、なんていった？

洗脳？　まさかこいつ……

「一度引いて……」

——ビクッ！

そう言いかけたリーダーらしき狼獣人を、俺は睨《にら》みながら言い放つ。

「おい、逃がすと思うか？」

——ギロリ
「リッ、リーダー……こいつ……ギルマス殺しのバンだ……ヒッ！」

もう一人の猫獣人も怯んでいる。

って、洗脳だと……？　タチが悪い。

洗脳は、特定の条件を満たすことで相手を操るスキル。

目を合わせたり会話をしたりと様々な条件があるらしいが、相手は無自覚に意識や思考を操られる。

昔、仲間を殺されたあの事件の時に調べた知識だったので、よく覚えている。

俺の仲間に使われたのは奴隷の首輪というアイテムだったが、以前は洗脳で操られていた冒険者たちもいたらしい。

そういや『サイクロプス』の拠点は確か、西の元公爵領だったか？

まさかな……

そんなことを思い出してしまうが、洗脳と聞いてヘドが出る。

「おいおい、天下の『サイクロプス』メンバーが、こんな殺気でビビってるのか？」

「まっ、待ってくれバン、俺は昔のお前の仲間のことには関与していない。その頃には、あそこのギルドにはもういなかった。こっ、ここで手を引く、見逃してくれ」

中年の狼獣人が懇願してくるが、話のところどころに引っかかりを感じた。

それに俺の精神に干渉してくる微弱な魔力。

「お前……まさかあそこのギルドで洗脳を使って……」

「確かに雇われて、洗脳していた。あの奴隷の首輪が手に入る前まではな。だからお前の仲間には関与してないって」

「そうか……」

「頼む、見逃してくれ……今ここに金貨が百枚ある。これでどうにか、へへへ」

「よく喋《しゃべ》るな？　それがお前の洗脳の仕方か？　ちなみに俺にはそんな洗脳は効かんぞ」

「えっ！　なぜ⁉」

こいつ、聞いてもないことをよくもまあベラベラ喋りやがる。

嫌なことも思い出させやがって。

「バン、殺さないで！　依頼者が誰かを吐かせないと」

俺の殺意が高まっていく中、リタの声で我に返る。

「殺さなければいいんだろ？」

「ひぃ～～～」

リタに返事をすると、対峙している二人から悲鳴が上がった。

猫獣人は、ボウモアが腹に一発入れると気を失い倒れた。

リーダーの狼獣人が驚いてそちらに視線を向けた瞬間、素早く近寄り顔面に一発入れるとグシャッと顔が潰れた。

これで喋ることはできない。

吹っ飛んで倒れたが、再度近寄り念のために喉を鷲掴《わしづか》みにして潰す。

「～～～～～」

うめき声のようなものを上げるが、喉を潰したおかげでみんなには聞こえないだろう。

しかし本当に嫌なことを思い出させやがって。

早くダンジョンを出て、ニールに会って癒《いや》されたい……


それから襲撃者二人を縛り上げ、ボウモアと俺で引きずりながらみんなで出口に向かう。

俺は子息様たちにかなり怖がられてしまったが、仕方ないと諦めた。

子息たち三人には、兄貴とリタが護衛について誘導している。

こうしてみんなでとても和やかに話しながら、何事もなく無事に外へとたどり着く。

帰りの道中は、まったくといっていいほど魔物や魔獣が現れなかった。

「なんで何も出ないんだ？」

「そりゃ、儂らはドラゴンの返り血を浴びてるじゃろ。その匂いと魔力でみんなビビッて近寄れんわい」と、ボウモア。

「なるほどな」

ドラゴンにとっては全てが捕食対象だからな。

魔獣は本能に忠実だ。

そんな匂いを纏ってる冒険者を見て襲ってくるほどバカじゃないし、襲ってこないか。

向こう見ずな冒険者より賢いかも……

「しかし、タイミングよく朝だな。まずは冒険者ギルドに向かうか」

兄貴に言われ、でギルドへ移動しようとした、その時……

「外だ……」

——バタン
子息様にはキツかったのだろう。そう言って気を失い、倒れて寝てしまった。

ダンジョンの外に出られた安心感もあったのだろう。

子息をツレの男——犬獣人が背負って運んでいく。

なんとなく兄弟のような雰囲気だな……

それを複雑な表情で見つめる女騎士が、なんとも健気《けなげ》に見えた。

洗脳されていたとはいえ、どう処分が下るのかはわからない。

事情を聞いた俺も、ただ罪が軽くなることを祈るしかできないな……

「みんな、急いで戻らなければならないのはわかってるが、子息様を介抱しないとだし、休憩がてら腹ごしらえしないか？」

「いいわね！　そうしましょう。私も疲れたしお腹が空いたわ」

「そうじゃ、そうじゃ。レオンが歩くのが速すぎて疲れたわい。わしも腹が減ったのう」

俺の意見にリタとボウモアが賛同してくれる。

本当に助かるよ。

「まあ、腹が減ったのは確かだな。少し休むか」

引きずってボコボコになった『サイクロプス』の二人を近くの木に縛りつけ、リタに睡眠魔法を掛けてもらう。

ボウモアは焚《た》き火《び》と石窯《いしかまど》を用意して自分のアイテムバッグからジョッキとエールの樽を取り出した。

兄貴はリタからもらったポーションを、横になってる子息に飲ませている。

リタやボウモアも男と女騎士とは距離を取り、二人きりになっている。

なんだかんだとみんな気が利くじゃねぇか！

何を話しているかは気になるが、俺は調理に取りかかるか。

ふふふ……

自分のアイテムバッグからフライパンとトング、それと塩胡椒《しおこしょう》を用意する。

そして……

――ドスン

アイテムバッグから巨大で新鮮な肉塊《にくかい》を取り出した。

「えっ！　まさかここで？」

「おう」

「最高じゃのう、流石じゃ、バン」

「ああ」

「マジか！」

「マジだ」

リタ、ボウモア、兄貴が声を掛けてくるのに一言で返しながら、フライパンを温め、取り出した肉塊をかなり大きめに切り分けていく。

それに胡椒を擦り込み、焼く直前に塩を振る。

いざ温めたフライパンへ丁寧に置くと、素晴らしい音と香りが……

（（（ゴクリ）））

俺も含めて四人が同時に唾を飲み込む音がした。

そりゃそうだ。

倒したばかりの特級食材を、素材の味を生かしたシンプルかつ最上の調理法で、しかも生還を祝いながら食べるにはもってこいの料理、ルビーレッドドラゴンのステーキだ。

あの男の最後の晩餐《ばんさん》に、ならないといいが……

分厚いステーキを一人一枚焼き上げてリタ、ボウモア、兄貴の順番で渡していった。

「美味《おい》しい～、もう最高！」

リタは満面の笑みを浮かべ、頬に手を置き上品に食べている。

「こりゃぁ～、美味いの～。エールも進むわい！」

ボウモアは肉とエールの無限ループに突入。

食べやすく小さくカットした一切れをツマミに、ジョッキ一杯を流し込む。

「おかわりくれ、おかわり」

獅子《しし》族の獣人である兄貴は、本領発揮。

専用にかなり分厚くしてベリーレアに仕上げたステーキをナイフで突き刺して口へ運ぶ。そのままかぶりつき、引きちぎるように食べていた。

しかもすごい速さで食べつくし、おかわりをせがんでくる。

そんな兄貴を無視して、いよいよ自分のを、と焼いていると……

「う～～ん、なんか……いい……匂いが!?」

「「アル（様）！」」

子息様がドラゴンステーキの匂いで起きてきた。

ポーションを飲み、睡眠を取れたから元気になったのだろう。

しかしあれだけ疲弊《ひへい》していても起こしてしまうこの匂い。

子息が起きたことに気付いて、離れて話していた騎士と犬獣人の二人も子息に駆け寄る。

だが二人も、すぐに焼いている肉の匂いと音につられた様子だ。

フラフラと三人揃って、こちらにゾンビのように近寄ってきた。

(((じー)))

そして俺の手元――ではなく、程よく焼き目がついて肉汁と油が音を立てているステーキを凝視している。

「食うか？」

((((コクコクコクコクコク))))

「そんなに速く何回も頷かなくても……首が取れちまうぞ！　それに兄貴は一緒に頷くな。待て」

「「「ありがとうございます」」」

「わかった……」

三人は泣きながら喜び、兄貴は悲しそうにその場に腰を下ろす。

昔、兄貴のパーティーに世話になっていた時、俺はシルバーランカーの下っ端で、荷物持ちをすることを条件に、同行を許してもらった。

それでいろいろと学ばせてもらって、料理なんかはリノア姐《ねえ》さん――レオン兄貴の奥さんに教え込まれた。

リノア姐さんも獅子族の獣人で、現役時代は兄貴と同じミスリルランカーの拳闘士《けんとうし》。

しかも魔法や薬学も得意という才女。綺麗で料理も上手。

兄貴と同じくババアの弟子で、兄貴より後継者に相応《ふさわ》しいとされていた。

しかし結婚を機に引退。ババアの後継者には兄貴がなった。

ちなみに、兄貴のどこに惚《ほ》れているのが謎だったが、聞くと幼少の頃から好きだという。

兄貴は食うのは好きなくせに料理は駄目で、そのくせ不味《まず》いと食わないグルメ気取りという面倒くさい我儘《わがまま》な人だ。

なので美味い食事をくれる人の言うことは素直に聞く。

姐さん直伝の腕前を持つ俺に対しても、料理を振る舞う時だけは素直になる。

「とりあえず、もう二枚焼くからこれを先に食べてくれ。これは塩を振ってないから好みの量でつけろよ」

調理したステーキを切り分け、三人が用意した皿にそれぞれ置いてやる。

みんな唾液を垂らしてるが、そこは触れないでおこう。

女騎士に恥をかかせることになるしな。

一切れ口に運ぶと、三人は目を閉じて歓喜の表情だ。

しかも何度も咀嚼《そしゃく》して噛み締めながら味わってくれている。

「次は俺のを……」

「だから待てって兄貴！」

限界だ！　俺だってまだ食べてないっていうのに……くそっ、誰か代わってくれよ。

そう思っていると俺の横にリタが来た。

「はい、あ～～ん」

するとリタは自分のステーキの一切れをフォークで刺し、俺の口元に運んでくれる。

俺はその行為に甘え、ドラゴンステーキをやっと食べられた。

一噛みすると……なんだこの美味さは！

コクが深く旨味が凝縮された肉汁と、良質で重厚だがくどくない油が溢れ出てきて、リタが自分の食べやすいように薄切りにした一切れなのに、飲み込んだ時の満足感がすごい。

自分で調理しといてなんだが最高だ。腹の限界まで食えてしまう。

「美味しい？」

リタに聞かれて即答する。

「美味いな！　最高だ」

「気を取り直してたくさん焼いてね、私が食べさせてあげるから♪」

「わかったよ……」

「お熱いのう」と、ボウモア。

「さっさと一緒になっちまえ」と、兄貴。

うるせえよ二人とも。

それに女騎士も男と一緒にこっちを凝視するな、恥ずかしい。

しかし確かにありがたいし嬉しいのだが……

調理を手伝ってはくれないのかな？　リタさんや……

7話　エリクサー

食事も終わり、ダンジョン街の冒険者ギルドへ戻った俺たち。

「奥の部屋を借りるぞ。あと、シナプス殿を呼んでくれ」

「はっ、はい！　ただいま」

兄貴の一言で、慌てたギルド職員に奥の部屋へと案内される。

兄貴、辺境伯領都のギルマスだからって自由すぎやしないか？

なんか知らんが、誰か呼び出してるし……

こうして俺たち四人と、子息と女騎士の救助者二人、犬獣人の容疑者一人。計七人で奥の会議室で待っていると、渋い初老のエルフの男性と綺麗な女性職員の二人が入ってきた。

「どうしたんだねレオン殿、そのまま帰ればよかろうに。何事だね？」

「悪いなシナプス殿、頼みがある。腕の立つ護衛を、急ぎで一組頼みたい」

「……なるほど、わかった。すぐにリストを確認し、呼び出そう。ニナ君、頼めるかな？」

兄貴と会話をしながら俺たちを見まわして、シナプスという男は状況を理解してくれたようだ。

そしてすぐに、一緒に来た女性職員へと指示を出す。

「畏まりました。ギルドマスター」

へっ！　シナプスはここのギルマス!?

兄貴と比べてギルマスっぽいし、頼れる上司って感じだな。

女性職員は秘書って感じで、綺麗な人だ。

――ピキーン

ん？　……何やらリタの方から殺気を感じる。

まあいつものことだが……しかしな～、綺麗と言っても、リタほどではないな。

俺はリタにベタ惚れだから。

――シュウ～～～

うん、殺気が消えていったようだ……

「それと、ここで長々と世話になった礼だ。収めてくれ」

――ドスン

兄貴はテーブルの上にドラゴンの膝下の後足を置いた。

それに驚くシナプス。

「まっ、まさか！　狩ったのか？」

「おう！　久しぶりに楽しめたぜ」

ドラゴン討伐は近年報告がなく、素材も超貴重。

世話になった礼を金で済ませないのは、冒険者として流石だな兄貴。

シナプスが素材を見分していると、ノックの音がした。

「失礼します。一組優秀なゴールドランカーのパーティーが空いていたのでお連れしました」

「入ってもらえ」

「ご紹介いたします。こちらはパーティー、『不死身の勝者』の皆さんです。そしてこちらの方が」

「リーダーのバニングだ。よろしく頼む」

代表で前に出た渋いヒューマンがリーダーで、バニングと名乗った。戦士らしい。

残りのメンバーは、ベイト（戦士）、アデル（魔法使い）、モンシア（レンジャー）。

四人組の男臭くて酒臭いパーティーだが、彼らから漂う雰囲気でわかる。

かなりの修羅場を潜《くぐ》ってきたと……

パーティー名、『不死身の勝者』ってかなりすごいが、名前負けしていない。

「で、俺たちが急に呼ばれたのはこちらの三人の護衛のためか？」と、シナプスに尋ねるバニング。

「そうだ。バニング、頼めるか？」

「ギルマスがそう言うなら引き受ける」

「助かる」

ここのギルマスであるシナプスとバニングは信頼関係ができているようだ。

たった二言で依頼を引き受けた。なんか格好いいぞ。

……って、おい！

絶対に兄貴とはできないやり取りに少し憧れながら見ていたら、女騎士にベイトが言い寄り、職員のニナにはモンシアが言い寄っていた。

そしてリタにもバニングがすぐに言い寄り始めた……

なかなかどうして、女好きが多いな。

生死が身近にある職業だから、今を楽しむことの大切さはわかる。

食事に酒に異性にと、冒険者は男女問わず欲望に忠実な奴らも多い。

理解はできる。しかし、納得は別だ。
「バニングさん。悪いな、俺のだ」
そう言ってリタの隣に立った俺は、リタの肩を抱き寄せた。
「悪い悪い、綺麗な女性を見るとついな！」と、言い訳するバニング。
リタは俺に抱かれ、驚きながらもウットリとした表情で見上げてくる。
「すまない、俺は彼女に惚れている」
容疑者の男も、女騎士とベイトの間に割って入った。
やるじゃねーか！
その行動に女騎士と子息も驚いている。
なんか子息が嬉しそうだな。
女騎士は容疑者とベイトが睨み合っているのを、びっくりした顔で見ている。
……っていうか、容疑者を見つめている？
「いい加減にしてください！　だからこの人たちは嫌だったのに……」
あっ！　ギルド職員のニナ嬢がキレた！
――バサッ
叫んでから書類を机に両手で叩きつける。

「貴様らいい加減にせんか！　並べ～」

ギルマスのシナプスが怒鳴ると、彼の前に四人が整列した。

「相変わらず、成長するのは修羅場を生き抜く技術だけか？　まったくお前らときたら……」

シナプスの説教が始まる。が、口説いてないアデルは、とんだとばっちりだな……

あ、気付いたら女騎士と容疑者の男が、なんかいい感じになってる。

「バン……もうそろそろ……」

「あっ！　悪い……」

俺もずっとリタの肩を抱いていたのを忘れていた。

リタから恥ずかしそうに注意され、慌てて離れる。

「はぁ～～、俺も早く帰って、リノアと子供たちに会いてえなぁ～」

そんな兄貴の言葉の直後、『不死身の勝者』たちが殴られる音が順番に聞こえてきた。

アデルも連帯責任か……かなり強めに殴るな、シナプス。

しかし四人は顔は動くが、首から下はびくともしない。

やはり強いな。

殴り終わったシナプスがニナに言う。

「面倒かけさせおって……ニナ君、こんなことの後で申し訳ないのだが、君も北の辺境伯領都まで、

『不死身の勝者』たちと同行を頼む」

「え！　ギルマス、私もですか？」

「申し訳ないが、アル様とクリス殿が心配だ。リーダーのバニングも女癖が悪い。悪ノリしすぎて、こいつらレオン殿に殺されかねん……すまない、監督者として頼む」

「はぁ～～～。手当ては弾んでくださいね」

「………」

「ギルマス！」

「最大限の努力はしよう」

「納得いかなったら、私は辺境伯領の冒険者ギルドへ移ります！」

「わかった……」

ニナ嬢、強いな！　少し怖いし、これは俺の勘だが尻に敷くタイプの女性だと思う。

あくまでも勘だが……

「ニナ嬢、安心してくれ。帰りはうちの女性冒険者パーティーに送らせる。ほう、全員いい面構えだな。男前も上がったじゃないか」

ニヤニヤしながら言う兄貴。

「レオン様、ありがとうございます」と、ニナ。

「「「………」」」

――ツゥー
黙り込んで冷や汗を流す『不死身の勝者』たち。

あっ！　こいつら終わったな。

意外に硬派で、姐さん一筋な兄貴は、軟派すぎる奴を見ると教育してたからな。

それが女性職員たちに好印象を与えてるのは有名だ。本人はわかってなさそうだが。

それにレディーファーストも、普段から徹底的に姐さんに教え込まれてるからな。

国中の冒険者ギルド職員たちから、兄貴は評判がよく人気が高いんだ。

全員左頬が腫れ、それでも整列をくずさない『不死身の勝者』の四人を、一人一人近寄っては品定めするように覗き込む兄貴。

歯をむき出しにし、獰猛《どうもう》な笑みを浮かべている。

その圧を間近で感じ、暑くもないのに汗をかく四人。

「シナプス殿、道中に護衛たちを教育しても？」

「手加減はしてくれ、頼む……」

そんな会話をする兄貴とシナプス。

「俺たちは先に宿に戻る」

長引きそうな予感がしたので、そう断りを入れて俺は冒険者ギルドを出た。

ボウモアもちゃっかり便乗して、しれっとついてきた。


そして俺とリタは宿に到着しても受付に行かず、まずは厩へと向かった。

「ただいまニール。待たせてすまなかったな」

「ヒヒーン、ブルル～（主～、待った～）」

――ガブッ
拗ねたのか、容赦なく噛んでくるニール。痛いぞ。

ん？　そういえばなんかニールから伝わってくる気持ちの言葉遣いが少し変わったか？

少し子供っぽさが抜け、青年のような雰囲気が伝わってくる。

そういえばニールは、もうそろそろ三歳か。

とはいえいくつになっても、かわいい我が子で我が愛馬だが。

数日とはいえ、こんなに離れたのは久しぶりだったな。

今回はティアもいて、寂しくなかったと思うが、まだまだか。

「痛い痛い！　悪かったよ。これでも思っていたより早く戻ってこれたんだぞ。あれだけダンジョンに向かう前に言っただろう？」

――ガブガブガブ

噛むのをやめないニール。

「おい！　頭はやめろって、禿げちまう」

「ブルル～（やだよ～）」

――ムシャムシャ

「頼むから勘弁してくれよ。そうだ！　これから少し走りに行くか？」

――ペッ

「ヒヒーン（行く～）」と、俺の頭を吐き出しながら鳴くニール。

「よしよし」

もしかして、これが反抗期か？

翌朝、レオンの兄貴たちは、護衛で子息たち三人と北の辺境伯領都へ向かった。

そして俺は久しぶりに、本業の乗合馬車をすることにした。

水運の街ロワールを経由して王都に行き、すぐ南にある祭りの会場、侯爵領入口の街ソーテルヌに向かう予定だ。

リタは用事があると、一人で先に王都に向かった。

王都で合流を約束して別れたが、ボウモアが俺と一緒についてくるらしい。

◆

アルール王国の王都に一足先に戻った私――リタは、薬師ギルドの地下にある調合室に来ている。

部屋の中には私を含めて全部で七人がいる。

なんか薬師ギルドが全体的にソワソワしてたけど、その理由はここにいる薬師五人と、アルティ様しか知らないのよね。

「リタ嬢や、余裕があればわしにも一本頼むね。もちろん適性価格で買い取らせてもらうから」

アルティ様に笑顔で言われると断れない。

でも、もともと差しあげるつもりだったのだけれどね。

「リタ様！　大丈夫ですか？」

「ええ、大丈夫よ」

魔力を練り上げながら考え事をしていたら、マチルダに心配されてしまった。

マチルダはウッディーが選んで招集し、それに応じた四人の薬師うちの一人。

確かウッディーの元奥さんだったのかしら？　まあいろいろとあるわよね。

いけない！　集中しなきゃ。

世界樹の葉、神酒ソーマはすでにマジックバッグから出してテーブルの上にある。

後は狩ってきたドラゴンの生肝と生き血の処理をして、三つを合成するだけ。

しかし、この処理が大変なのよね～。

「さあ、みんな集まって。これからドラゴン素材の処理を説明しながらやっていくから」

「「「はっ、はい！（（ゴクリ））」」」

息を飲んで覗いてくる五人。

これで五人もエリクサーを作れるようになるとは思っていないけど、製法は伝授しとくべきよね。

じゃないと本当にエリクサーは、幻の霊薬になってしまう。

だけど一人でもできる子がいれば、王国の薬師ギルドもしばらく安泰だと思う。

もちろん普段から風邪薬や傷薬、ポーションやマナポーションを供給している組織だけど、材料さえあれば作れるのと、材料があっても作れないのは、その組織の価値は全然違うからなぁ。

「……と、いうやり方で処理するように」

「「「………」」」

手順を教えたんだけど……あれ？　返事がない。

ただの屍《しかばね》になっちゃったのかな？

「どうしたの？　大丈夫？」

辺りを見まわしながら声を掛けるけど、なんか絶望的な雰囲気が漂ってる。

あれ？　と、不思議に思っていると……

「リタ様、それは流石に私どもには無理です……」と、ウッディー。

「なぜ？」

「そんなに膨大で強い魔力なんて注ぎ込めません。しかもそれを自在に操ることなんて……」

「あ～～、なるほどね。でも、別に一人で作らなくてもいいのよ。ここにいる五人で作れば」

「「「なるほど！」」」

そっか～、この子たちには単独での製薬は無理なのか……

「まずは製法をしっかり記憶することよ。これは絶対書き残したりしてはいけない口伝だからね。そして、あなたたちは後進の育成に励みなさい。その中で魔力量や魔力操作の大切さを、しっかりと教えることが使命です。わかった？」

「「「はい、畏まりました」」」

「うん、ここからは簡単よ。この三つをこの錬金釜に入れて魔力を注ぐと～、出来上がり～」

(((！！！)))

これを準備していた容器に入れ替えて、はい！　十二本のエリクサーが完成っと♪

「リタ様、ありがとうございました」

「「「ありがとうございました」」」

「それじゃあね～」と、頭を下げてきたみんなに言って、薬師ギルドを後にした。


「さあ行きましょう」

「「はい」」

今度は以前伺った南の侯爵邸に、ウッディーとマチルダを連れて向かう。

その方がいろいろと話が早そうだしね。

「まさか彼女の薬を調合していたのが、ウッディーだったなんてね！」

移動しながら、ウッディーに話しかける。

「はい。侯爵様のご息女様の調合ともなると、どうしてもみんな嫌がりまして……責任が重いですから」

「そうね……でも大したものだわ。ちゃんと研鑽《けんさん》を積んでいるのがわかったわよ」

「いやいや、確かに調合しているのは私ですが、マチルダに手紙で相談しながらですし、彼女からの助言がなければ思いつかない調合もありましたから……」

ウッディーの言葉を聞き、マチルダがすかさず言う。

「そんなことないわよ。どうせ気が付いたはずでしょうし、私は助言をしただけにすぎないわ。調合しているあなたの成果よ」

「マチルダ…………」

「ウッディー…………」

「いいなぁ～、そうだ！　二人とも、これを気にヨリを戻しちゃいなさいよ」

そう言ったらマチルダとウッディーはびっくりして顔を赤くしてたけど、バレバレなのよね。

私もバンと早くのんびりしたいなぁ～。

……なんて考えていると侯爵邸が見えてきたので、門まで行く。

すると前回慌てて舌を噛んだ門番が声を掛けてきた。

「あっ！　ウッディー様に、マチルダ様、それにリタ殿！」

「「お久しぶりです」」

「ただいま戻りましたぁ～。お嬢様はご在宅かしら？」

私たちが言うと、畏まって門番が言う。

「はっ！　リタ殿がいらしたら最優先でご案内し、最上級のおもてなしをと言われております。さ、どうぞ屋敷へ」

「ありがとう～♪」

「「ははは……」」

そこの二人、呆れてないでさっさと入るわよ。

屋敷に入ると使用人が総出で迎えてくれて、最上階の応接室に案内された。

あれ？　前回より豪華な部屋みたいね。

とても香りのいい高級なお茶をいただきながら待っていると……

「リタ殿、待っていたよ！」

あら？　ご当主の侯爵様が扉を開けて突っ込んできたわね。

「旦那様！　お待ちください。流石に失礼ですよ」と、執事らしき人。

執事さんも大変ね……

まずはご挨拶しなくちゃね。

味わっていたお茶のカップを置いて立ち上がり、胸に手を当て礼をしながら言う。

「閣下、お久しぶりでございます」

「そんなに経ってないじゃないか！　立たないでくれたまえ。そのまま、そのまま」

「ありがとうございます。それでは失礼いたします」

やっぱりいい人ね、これなら大丈夫そうかしら。

「で！　例のものは？」と、焦って聞いてくる侯爵様。

「はい、ご用意できております」

「おお！」

待ちきれないって感じね。

でも、それはそうよね。かわいい娘の命がかかってるんだもの。

なら、さっさと話を済ませるべきね……

「例のものをお渡しする前によろしいでしょうか？　単刀直入に申し上げます。三つほどお願いがございます」

「!?　なっ、なんだね？」

「一つ目、私が製薬したのは絶対に秘密にすること。二つ目、今後どんなことがあっても製薬の依頼を私にしないこと。三つ目、あらゆる貴族からバンを守ること。以上、三つの約束をお願いいたします」

　さてさて、侯爵様はどう答えるのかしら？

「なんだ、ホッとしたよ。どんな無理難題を言われるかと思えば、どれも至極当然の願いだね。ただ……流石に女王陛下には報告をしなければならないんだけど……」

「その件については、アルティ様からご報告と献上をお願いする予定なのでご安心してください」

「そうか、そうか。なら安心だね……って、献上？　まさか……薬は一本ではないのかな？」

「それは秘密です。お楽しみに、ふふふ♪」

「女性に秘密を聞くのは野暮だったね……すまなかった」

「いえいえ、しかしご息女のためにと思い、一刻も早くと駆けつけた次第でして……」

「よし、ならばすぐに娘の、レフォールの元に一緒に来てほしい。今日は体調が優れず、寝室で過ごしているから……」

「畏まりました」

いけ好かない奴もいるけど、貴族もいろいろなのね。

私たちの将来への打算もあるけれど、誠実に応えてくれるなら、何かあった時にまた助力してあげるぐらいなら構わないかも♪

「レフォール～、パパがいま行くよ～～」

――シュッ
「ゴフッ……」

大声で叫びながら娘の部屋へと向かおうとした侯爵様に、執事さんが綺麗なボディーブローをキメて黙らせた。

「旦那様、お静かに。レフォール様がお休みになられていますので……」

「うん……ごめん、爺や……」

執事さんには頭が上がらないのかな？　侯爵様、殴られても自分が謝るなんて……

「私はレフォール様専属の執事でございますれば、いくら旦那様とはいえ実力行使をさせていただきます。ささ、どうぞ、こちらでございます」と、執事さん。

「ありがとうございます」

執事さんが扉を開け部屋の中へと案内されると、以前と同じようにレフォール様が描いた絵が壁一面に飾られていた。

メイドさんが一人、彼女の側について看病している。

そして今制作中らしい大きなキャンバスの絵が、寝ているベットの脇に置いてあった。

これは……バンとニールに、私とティア？

それに、真ん中にはレフォール嬢と執事さんかな？　とても素敵な絵ね。

いつかはわからないけれど、バンと一緒に暮らす家に、この絵を飾りたいなぁ。

「リタ殿？」

「ごめんなさい。あまりにも素敵な絵だったのでつい……お嬢様は寝ているならそのままにしてあげて。それでは、これを」

私がマジックバッグからエリクサーを一本取り出す。

（（！））

それを見て驚く侯爵様と執事の二人。

「おつらかったでしょう……今までよく頑張りましたね……でも、もう大丈夫ですよ。さあ、ゆっくりと飲んでください」

私はベッドへと近づき、寝ているレフォール様に優しく話しかける。

そして彼女の上半身をゆっくりと起こす。

封を開け、ゆっくりとエリクサーを飲ませる。

まだ夢の中だろうけどレフォール様の喉が動き、どんどんとエリクサーが減っていった。

それを見ている部屋の人たちは、みんな涙を堪えていた。

侯爵様だけはメッチャクチャに泣いていたけど。

瓶が空になった瞬間、彼女の身体が強い光を一瞬放つ。

これで大丈夫なはずだけど……

「侯爵様、念のためレフォール様を鑑定させていただきます」

「ああ……だのぶよ」

侯爵様、ボロ泣きなせいで何言ってるか分からないわね。

鑑定すると……うん、完治してるわ。

しかし、毒見とかはよかったのかしら？　量が減ると、効果がいまいちになるから流れで飲ませ

ちゃったけど、エヘヘ♪

「大丈夫です、無事に完治されました」

私がみんなに伝えると……

「「「「おお～～～」」」」

一斉に歓声が上がった。

「ぶぁ～～～！　レフォール～～～、よがっだぁ～～～！」

嬉しいのはわかるけど、侯爵様、うるさいわね。

「まだお休みになってますのでそのまま寝かせてあげましょう」

「リタ殿、この恩は絶対に忘れぬ。これは私に限った話ではない。君が生きている間は我がラトゥール家は何があっても君の味方だ」

「そんな。大げさですよ、侯爵様」

「いやいや、安心してくれたまえ。君たちが迷惑に思うような大げさなことはしないさ。本当に、本当にありがとう」

お礼はいいんだけど……

そう言って涙と鼻水を拭っていた両手で、私の手を握るのはどうなのかしら……侯爵様。

8話　アルティの特訓

「それじゃ水運の街、ロワールへ出発します」

「ヒヒーン（出発〜）」

翌朝、俺――バンは、ニールの引く乗合馬車でダンジョン街を旅立った。

なんと乗客は、パーティー『嵐の中の輝き』たちで驚いた。

他の乗客は、運がいいのか悪いのか、誰も乗っていない。

「いや〜、バンさんの馬車が速くて快適すぎて〜」

「ダンジョンでかなり稼げたんで、無理しなくていいかなぁと。それに飯も美味かったし、へへへ」

再会してすぐに、シローとカレンがそう言い訳をしてきた。

それに頷く他のメンバーたち。

まったく。冒険者なんだから、他の馬車の護衛依頼を受けろよ。

ったく……でも、まあ、褒められて悪い気はしない。

「今回から食事は有料だからな！」

「「「はい、もちろんです」」」

いつも通り息ピッタリだな。いいことだ。

シローはだいぶリーダーらしくなってきたな。俺に絡んできた時から、だいぶ成長したようだ。

「ボウモアじゃ……うっぷ」

『嵐の中の輝き』とは初対面なので自己紹介するが、顔色が悪いボウモア。

たっく、飲みすぎなんだよ。

あんなに宿で酒飲みやがって……そりゃ体調が優れないのも無理はない。

「えっ！　もしかして名工ボウモア殿ですか？」

「うるさい！　今は静かにしとれ！　あっ、頭が、いたたたた……」

「すっ、すいません……」

テリーが珍しく食いついたが、二日酔いでそっけない態度を取るボウモア。

「おい！　俺の乗客なんだから、もう少しさあ〜、なんか〜、その〜、愛想よくしてくれよ〜」

思わず言うが……

「悪いが今は無理じゃ……」

ボウモアはげっそりしている。

「飲みすぎなんだよ！　そんなんじゃ早死にするぞ、ジジイ」

「えっ！　バンさんはボウモア殿と面識が？」と、俺たちのやり取りを見て驚くテリー。

「「ただの腐れ縁だ（じゃ）！」」

そんな会話をしながら楽しく馬車は進んでいった。


あっという間に日が暮れて、今日の目的地である夜営できる場所に着く。

「ボウモアはどうする？」

「ふが〜〜〜、すぴーー、ふが〜〜〜」

ボウモア、もう寝てるよ……

「ニールはその桶の水を飲み終えたら、俺と道の下見がてら走りに行くか」

「ブルルル〜（やったね〜）」

となると、『嵐の中の輝き』はどうするのか聞いてみるか。

「お前らはどうする？」

「少し訓練して、バンさんとニールが帰ってくるのを待ちますよ」

（（（コクコク）））

シローに同調して頷くメンバーの目を見て気付く。

「そうか……」

こいつら、俺の料理待ちか。

帰ってきたら何を作るかな……

「ヒヒーン、ブルル～（早く～、主～）」

「悪い！　考え事してた。よしよし、待たせたなニール。すぐに行く」

夕飯のレシピを考えているとニールに急かされた。

よし、さっさと走りに行きますか。

◆

こうして数日が経ち、『嵐の中の輝き』の訓練に付き合ったり、雑魚の魔物や魔獣を狩ったりといろいろあった。だが全員無事に、水運の街ロワールに到着した。

入街の列を待っていると、東門から騎士が一人馬に跨り、列に沿ってこちらへと向かってくるのが見えた。

どこかへの伝令の早馬か？

そう思っていると、その騎士と馬が徐々に近づいてきて、馬車を引いているニールの前で止まった。

えっ！　俺たちに用事か？

驚いて構えていると……

「東門からバン殿とその愛馬が見えたので、騎士団長からの命令によりお迎えにあがりました。誘導いたします。どうぞついてきてください」

そう言われた。

「いやいや、並んでるみんなに悪いから、俺たちも列で待つよ」

「そんな……それは困ります……私も騎士団長も……彼女の機嫌が悪くなるのは、その……」

困った様子の騎士が離れないせいで、周りの注目を集めてしまい、なんだか居心地が悪い。

「バン、ここは大人しく言葉に甘えた方がええぞい」

すると、ボウモアが助言してきた。

「しかし……」

「周りに気を遣うのはお主らしいが、騎士団長の顔を潰してしまうし、この若い騎士も困っておるじゃろ。素直に従っておけ。ぷっふぁ〜」

助言は助言だが、酒を飲みながらかよ……

しかし騎士の言ってた『彼女』って誰だ？

……まさか！　リタはもう先に着いているのか！

その予想が当たっていれば、騎士団長にイライラしながら詰め寄ってる絵が浮かぶし、早く行って宥めないとな。

「もしかして、リタはもう街にいますか？」

念のため騎士に確かめてみる。

「はい。昨日王都より到着して、愛馬と一緒に東門でお待ちです……」

「ああ〜、ツレが迷惑をかけて申し訳ない」

「いえいえ、彼女もこの街を魔物の大氾濫《だいはんらん》から救った英雄ですので。しかし流石バン殿、愛されてますな。ハハハハハハ」

「ハハハ……案内をお願いします」

「助かります。どうぞついてきてください」


俺たちは列から外れ、誘導されながら東門へと馬車を走らせる。

「ヒヒーン。ブルル（お腹空いたぁ〜。ご飯〜）」

「そうだな。着いたらすぐに食事にしような」

ニールも早く休ませたいし、リタの機嫌も気になるし仕方がないか……しかし王都で合流予定だったはずだが、何かあったのか？

　迎えの騎士に誘導され、東門への列を横目に見ながら進む。

　不思議そうな視線や不愉快そうな視線を浴びる気まずい時間に耐え、ようやく到着すると、検問も素通りで街へと入ってしまった。

　そして王都で待ち合わせしてしていたはずのリタが、愛馬のティアに乗ってこちらに近づいてくる。

「えへっ！　来ちゃった♪」

「あっ！　はい……お疲れ様……です……」

「何、その返事～!?　なんで～？　バンは私に会いたくなかったの～？」

「いやいや、そういうわけじゃないぞ！　リタ。ただ、急で驚いてしまってな……」

「ぶ～～～、ぶ～～～」

　王都で待ち合わせしていたリタは、用事が早く済んだのでわざわざロワールに来てくれたらしい。

　もちろん嬉しいのだが、遠まわりだろうに。

　ティアも少し呆れているのが表情でわかる。

「で、宿はどこなんだ？」

「それが今回は領主代行の館なのよね～」

「えっ！」

「もちろん断ったわよ……でもあまりにもしつこいし、それに祭りに向かう人々が多くて宿がどこもいっぱいなのよ……なので仕方なくね……」

そんなことを話しているうちに……リタの後ろから……あの！　あの！　あの話の長い領主代行が馬に跨りゆっくりと近寄ってきた。

領主代行はリタを挟んで、俺に話しかけてくる。

「いやいや、こんなにも早くバン殿とリタ殿に会えるとは。先日の大氾濫では本当に助かった。ぜひバン殿も我が屋敷に泊まっていってくれ。もちろん、愛馬の世話もしっかりできる環境を整えている」

「はぁ……ありがとうございます。しかし今は乗合馬車の仕事中でして……それにロワールでも乗客を拾う予定なので」

「えっ！　もしかして、もうバン殿の馬車には空きがないのか？」

「はい。ここで拾う乗客は個人的に予約を受けた人たちなのでもう無理かと」

「そっ、そうか………」

――ガックシ
（ぷぷぷ～～～）

（こら、リタ。笑うんじゃない）

リタはがっかりした領主代行の顔を見た途端、マントで顔を隠して笑い始めた。

俺はそれを一応たしなめるが、自分も必死に笑いを堪えた。

領主代行は俺の馬車の話を聞いて、今回の祭りに行くために乗ってみたかったらしい。

しかしすでに先約の客がいるからな。無理なものは無理だ。

それに道中この人の長話に付き合うのは、か～な～り～キツい。

「なので申し訳ございませんが、今回はもう……」

「仕方がない。次の機会を待つとしよう」

あれ？　案外聞き分けがいいな。もっと我儘を通すと思っていたんだが……

そう思っていると乗客のみんなから変な視線を感じて、俺が振り返るとみんな苦笑いだった。

（流石にミスリルランカーの冒険者に無理は言いません……）

小声でシローにそう言われた。

その後、宿が空いてないのでお言葉に甘えて、乗客全員を領主代行の屋敷に泊めてもらったが、
身体が資本の冒険者たちなので、食事を出してもらうのは遠慮した。
すごい大食いや大酒飲みのがいるからな。ロワールの財政が心配になる。

結局、もてなしに使われているのは住人たちの税なのだから。

領主邸から街へ出てもらい、各自で食べてきてもらった。


俺はニールの食事の世話をした後、リタと二人で街をぶらつく。

最初はみんなでどこかへと行こうと話していたのだが、流石に俺も空気を読んだ。

リタが「二人きりじゃないの⁉」と、あまりにも残念そうにするから……

カレンとボウモアが、二人で行ってこいと賛同してくれて助かったぁ～。

こうしてリタと二人で名物の川魚料理を堪能し、ほろ酔いで街を歩く。

すでに日も暮れて宿に戻るかと思っていると、夜のロワール川を散歩しないかとリタに誘われた。

少し疲れていたがもちろん答えは一つです。

はい……

「こうして二人きりで歩くのも久しぶりね。ふふふ♪」

「ああ、本当に久しぶりだな。正直これからは、こんなふうにのんびり穏やかに生きていきたいんだが……」

そんな言葉を交わしながら、川沿いを涼みながら歩く。

火照った顔に川からの湿った風が心地いい。

「でもニールと出会ってから忙しいけど、人生がいい方向に進んでるのは確かじゃない？」

「それはな！　リタともまた出会えたし。それに……」

「それに？」

「二人の無念も晴らせたしな……」

「バン……」

俺は念願の仇を討てて、死んだ仲間の無念や俺の恨みを晴らし、いろいろと吹っきれた。

それに今はいつもリタやニールがいる。だから過去より未来を考えられるようになった。

「久しぶりに旅をして、たくさんの人たちと縁ができた。出会い方は様々だが、みんないい人たちだ」

「そうね、以前乗せた新米冒険者――アンちゃんたちも元気でやってるかしら？」

「あちこち国内を回っていれば、そのうちまた出会えるさ」

「その時が楽しみね」

彼らを思い出しながら優しく微笑むリタ。

……俺もいい加減、ここでしっかり彼女に伝えよう。

「そういえば聞いたんだが、挨拶はどうする？　早めに行かないといけないとは思ってるんだが……」

「なんの？」

「リタの両親へ。まだ元気なんだろ？」

そう言ったら、驚いて顔を赤らめるリタ。

自然に言えてただろうか？

「そんな驚かないでくれよ。俺だってちゃんと考えてる」

「嬉しい〜〜〜！」

リタが叫びながら俺に飛びついてくる。

「おい、急に危ないだろ！」

「そういえば、まだちゃんと聞いてないんですけど？」

抱きついてきたリタが俺の耳元で囁《ささや》いた。

こ、これはちゃんと言わねば。たぶんこんな機会はなかなかないだろう。

俺はリタの耳元で囁いた。

「リタ、俺と結婚してくれ。死ぬまで君と一緒にいたい」

「はい、よろしくお願いします」

リタの返事と共に、涙が溢れ落ちてきたのが俺の頬に感じられた。

◆

俺たちはロワールで、追加で二泊することにした。

いろいろと盛り上がって疲れてしまって……

祭りの日までは時間があり、宿代もかからない。

だから食材の買い出しに、ニールとティアの気分転換にと少しゆっくりしたかったんだ。

その間、シローとテリーとミケルは川に生息する魔物に興味を示し、息巻いて討伐依頼を受けた。

カレンとエレドアは二人で出かけるそうだ。

ボウモアはドラゴン討伐に使った武器の手入れをするために鍛冶屋に行くという。

みんなの予定を聞いた後で厩へ行くと、なんとなくニールとティアの関係が深くなっているように感じる。

恋愛的なものではなくニールが甘えてティアがたしなめてるようだ。姉と弟を連想させる。

その後俺はリタと一緒朝食を済ませて、ロワールの西の森へと遠乗りに出かける。

じゃれ合いながらものんびり走っていたら、いつの間にか目的の西の砦に到着した。

時間は昼前ぐらいだろうか。

「お〜い、ウエス！　いるか〜〜〜？」

到着してすぐに、馬上から砦を見上げ大声で尋ねる。ウエスは西の砦を守る兵士で、大氾濫の時に知り合ったんだ。

「誰だ〜？　ってバンじゃないか！　それにリタ嬢も！　今降りていくから待っててくれ〜〜〜」

俺たちはウエスを待つ間、ニールとティアから降りて、二頭を自由に走らせる。

ここはもともとティアの縄張りで、ティアと仲間になった場所だ。

強い魔物も魔獣も今はほとんどいないみたいだし、ニールだけだと心配だが、ティアが一緒なら安心だ。

「ニール、ちゃんとティアの言うことを守るんだぞ」

「ヒヒーン（はーい）」

「ティア、あまり遅くならずに帰ってくるのよ。ニールのこともよろしくね」

「ピピーン」

ちゃんと言い聞かせてたつもりだが大丈夫だろうか？

そんな心配もよぎるが、二頭を信じて好きにさせる。

すでに親離れしていてもおかしくない年齢だしな。

しかし……俺の複雑な気持ちはお構いなしに、楽しそうに駆けまわる二頭。

「心配しすぎよ。私の精霊に異変があったら知らせてとお願いしてるから大丈夫よ」

「おお！　リタ、流石エルフだな！」

「もう～、ニールでもこんなに心配するようじゃ、子供を授かったら大変そうね」

「面目ない……」

「ふふふ♪」

「あ～～～、二人の甘ったるい空気がすごいな！　見せつけに来たのか？」

リタと喋っていると急に言われ、驚いて振り向くと、ウエスがいた。

「呼んでおいて、俺が邪魔なのかよ。はっはっはっ」

「悪い悪い。ウエス。久しぶりだな！」

「まあ、久しぶりって言えば久しぶりだが。そんなに経ってないだろう？」

「だな。ははははは」

「ほら、バン。早く言いなさいよ」

「なんだ？」

不思議そうにしているウエスに言う。

「ウエス、迎えに来たぜ。祭りに向かうから乗せに来た」

「マジか！　いつでも休めるようにずっと働いてたんだよ。妻も子供も楽しみにしていてな。旅なんて初めてだ。しかもこんなにデカい祭りなんてな」

「明日出発予定だが大丈夫か？」

「ああ。バンが迎えに来ないようなら、二、三日後に出発する予定だったからな」

「ちゃんと約束しただろう？」

「いやいや、お前とニールの話は有名だからな。金持ちや貴族からの断れない依頼があるかもと思っていたんだよ」

ウエスの言葉に、リタが口を挟む。

「バンは領主代行に頼まれたけど、断ってたわよ。すでに予約があるってね」

「リタ……別に今言わなくたっていいだろ？」

「おお～、照れてる照れてる♪」と、悪戯《いたずら》っぽく笑うリタ。

「そうだ！　今日は家に来い。俺のかみさんの手料理を振る舞ってやるよ」

急にウエスが提案した。

「おお！　それじゃ遠慮なくお呼ばれしますか」

「嬉しい！　楽しみにしてるわ」

「絶品だぞ！　それじゃ夕方に北門で待ち合わせでいいか？」

「わかった。それまで俺たちはこの辺でのんびりしてるさ」

「美女と二人でいろいろと羨ましいね～～～。はぁ、仕事に戻るか……早く俺も帰りてぇなぁ～」

　こうしてリタと二人で、ゆったりたっぷりのんびりしていると、日も暮れ始めニールとティアも帰ってきた。

　二頭はとてもご機嫌だ。

　少しだけティアは疲れているようだが……無事で何より。よかったよかった。

　心配だったが、今後もこんな風に自由に走らせてやるか。

「おかえりニール。ティアもありがとな」

「ブルル～、ブルル～（楽しかったぁ～、また行きたい～）」

「ピピーン……ピピー」

「ティア大丈夫？　そうなの？　それは大変だったわね……お疲れ様」

　リタがティアからいろいろと言われているようだ。

　たぶんニールの世話で大変だったって話だろうな。なんかうちのニールが申し訳ない……

　俺たちは乗合馬車の待ち合わせ場所であるロワールの北門へと向かった。

ウエスを待ってから向かってもよかったが、ウエスは砦から街に入るまでは、部隊のみんなと行動するらしい。

北門に到着して待っていると、ちょうど討伐帰りのシローたちと出くわした。

「お疲れ、今帰りか？」

「あっ！　バンさん、お疲れ様です」

「「お疲れ様です」」

「成果はどうだった？」

「とりあえず依頼は達成したけど、思ったより難しかったですよ。一撃で仕留めないと川に入って出てこないし、浅瀬でも入ろうもんなら足場が悪くて身動きも取れなくて……」

「ほら、さっさと冒険者ギルドに報告してこいよ。これから混む時間帯だぞ」

「あっ！　そうですね。遅くなったら飯の時間も遅くなるか……じゃあバンさんにリタさん、また領主邸で。急ぐぞ」

「「おう」」

やれやれだぜ……少しハードな訓練でも、またしてやるか……

「どうしたの？　楽しそうな顔して」と、リタが聞いてくる。

「いやな、もう少し訓練の難度を上げようかと思ってな」

「いいんじゃない？　手伝おうか？」

「頼むよ。ただ、手加減は多めで頼む。厳しさは本当にちょっとだけでいいからな！　あまり追いつめるとまだ耐えれないから。本当にちょっとだけだからな！」

「はいはい、軽く揉んであげるわね♪」

そんな会話をしているとウエスが合流した。

「よっ！　待たせたな。早速我が家に案内を……って、どうしたバン？　そんな険しい顔して」

「あ、ああ。別に」

そうは言ったが……なんだろう、嫌な予感がする。

リタの訓練って……どんだけスパルタなんだろう。『嵐の中の輝き』のメンバーは生き延びることができるか？


その後、ウエス家に招かれて、奥さんであるノーラの料理をご馳走になった。

わざわざ手が込んだ家庭料理でもてなしてくれて、楽しい時間を過ごしていたが……

「バン様！　それでそれで？」

「その様づけはやめてくれ。なんかくすぐったい」

「「ふふふ」」

　ウエスの子供であるサウス少年に、冒険譚をせがまれタジタジだ。

　そんな光景をリタとノーラは笑いながら見ているし（助けてくれよ！）ウエスは酒が足りないと買いに出てしまった。

　なんやかんや、俺が冒険者になった頃の失敗談を話していると……

「え～～、なんか格好悪～い」

　うん、不評だったみたいだな……

「でも、失敗から学んだおかげで今も生きてるんだ。どんなことをしてでも生き残った者の勝ちなんだよ」

「それはそうだけど……」と、不満げなサウス。

　嫌われちまったかな？

「それじゃあ私が、この前のドラゴン討伐の話をしてあげましょうか？」

「えっ！　ドラゴン？」

「まあまあ！　すごいじゃない！」

　リタが話し出すと、サウスもノーラも話に食いついた。

　俺はあまりトークのセンスがないらしい。

　サウスが無謀なことをしないようにと、思っただけなんだがな。

……しかし、リタは話が上手いな！　これも才能なのか？

俺の婚約者は多才だなぁと思っていると、家の扉が勢いよく開いてウエスが酒を抱えて帰ってきた。

「ただいまぁ～」

「「うるさい！」」

「へっ！　なぜ……」

元気に帰ってきたウエスを、話を聞いてたノーラとサウスが一喝する。

それに驚き落ち込むウエス。

だが謝るウエスを無視して、リタの話に夢中の二人。

俺はウエスの肩に手を置き慰める。

「今、リタの話に夢中で、いいところだったんだよ」

「そうか、悪かったよ……」

「いや、タイミングが悪かったな。こっちはこっちでおっさん同士、邪魔にならないよう静かに飲もうぜ」

「そうだな。しかし二人とも、あんなにリタ嬢の話に夢中になって……俺の話なんていつも聞いてくれないのに……」

「そうなのか？」

「基本、息子の今日の出来事と、かみさんの愚痴を聞いたら終わりだよ」

「そうか……まあ、馬車で話せる時間があるから、その時にでもたくさん話せばいいさ」

「それもそうだな。こんなに長い休暇を取るのも初めてだし、二人はロワールから今まで出たこともないからな」

「あっ！　そうそう、俺たちレースに出ることとしたぞ」

「本当か！　それなら俺の小遣いを全部お前に賭けるぜ、バン」

「あまり期待すんなよな。レースなんて初めてなんだぞ？」

「いやいや、ニールくんならやってくれると俺は信じてる」

　って俺じゃなくてニールに期待してるのか！　なんか複雑だなぁ。


　少し長居してしまったが、ウエス家を後にして領主邸で休み、翌朝はニールとティアの世話をして朝市に買い出しに出かけた。

　肉や根菜類は大量にあるので、葉物野菜に川の幸を大量に買い込み準備を整えた。

　そして待ち合わせ場所に集合し、いざ出発。

　リタはティアに乗っている。

なので馬車に乗ってるのは、俺抜いて乗客九名。かなり満席だな。

祭り会場までもってくれよ！

はあ、早く新しい馬車が欲しい……

◆

こうして特に何事もなく、王都に到着。

門も以前もらった貴族様たちのメダルを見せてすぐに通過し、とりあえず宿を探す。

すると……

「バン殿、リタ殿……」

「はい？　どうしました？」

突然話しかけられ、顔を向けると冒険者ギルド職員の制服を着ている青年がすまなさそうな顔をしていた。

「本当に申し訳ございません。マスターがお呼びです」

「はぁ～～～!?」

「まあ！　アルティ様が？」

「前回宿泊した宿を取っておりますので、どうぞそちらに」

「ありがとう♪」

リタはとても嬉しそうだが……

「いや。だが、まずは乗客の宿を探さないと……」

俺はそう言って彼女を止める。

どう考えても、全員分の宿があるわけがない。

王都も以前に比べ、かなりの賑わいを見せている。

「別の宿をご用意しております」

「えっ」

こりゃ宿探しには苦労するなと考えていたのに、なんと、すでに宿は確保していてくれた。

それは助かるが……なんかな。あの職員は、俺たちを待っていたのだろうか？

それにアルティのババアの急な呼び出し……なんか嫌な予感がする。

「ふふふ♪」

その笑いはなんですか？　リタさんや……

その後、冒険者ギルドに向かうと、なぜか人が多いにもかかわらず静かだった。

なんだ？　この違和感は！

そう思いながら受付へと向かうと、その理由がわかった。

奥の机の上にババアが腕を組んで仁王立ちで立っていたからだ。

うわ、機嫌が悪いのがわかる。

そしてババアは俺と目が合うと、開口一番……

「待ってたよ。バカで弱い孫弟子め、祭りのレースが終わったら修業さね！」

「はぁ？　突然何言ってんだよ。とりあえず机から下りろババア。それに、その威圧を止めろ。みんな萎縮して仕事にならんだろうが！」

「うるさいね。弱っちいくせに！　ドラゴンぐらい一人で討伐もできん弱者には、再度修業とお灸《きゅう》が必要さね。今回はわしが直々に鍛え直してやるさね」

「ボケたか？　ドラゴンなんてソロで討伐できるはずないだろが！」

「はぁ〜〜〜、その考えがもうダメダメさね。自分で無理だと決めつけて、しかも最近訓練もさほどしてないそうじゃないか」

突然ババアと言い合いになり、周りの冒険者や職員の視線が痛い。

「そりゃ、俺は冒険者だけど、今回はたまたまレオンの兄貴たちに手を貸しただけで、本業は乗合馬車だからな。今回はかなりヤバかったけど、あんなこと、そうそうあることじゃないだろが！」

「ガタガタ言い訳がうるさいね～。備えが甘いと守れない。今回は無事倒せはしたが、何かあった時にリタ嬢を守りきれるようオババが鍛え直すから、覚悟しておくんだね。なんなら今からでもいいんだよ！」

「…………わかったよ。祭りの後にしてくれ……」

（（あっ！　折れた……））とでも言いたげに、見守っていた周りの冒険者たちが反応する。

「まあまあ、アルティ様もそのぐらいで。バンも！　祭りの後のことなんだから、今はレースの準備をしましょう。ね！　ね！　あっ、そうだ。ここではなんですから執務室に行きましょうよ。皆さんの業務の邪魔になってしまうでしょうし」と、リタが仲裁してくれた。

「そうだな……」

「そうさね、二人ともついてきな」

それにしてもババア……もうドラゴン討伐の情報を知っているとは。

しかも、祭りの後に修業かよ。せっかくリタとのんびり運行ついでに旅でもしようと思っていたし、エルフ国へも挨拶に行こうとしていたのに。

「いつ王都を発つんだい？　わしも乗せていきな」

そして執務室でババアに散々説教され、冒険者ギルドを出る間際。ババアが突如無茶なことを言ってきた。

「もう満席だ。こう見えてニールの馬車は人気があるんだよ……って、イタッ！　だから叩くなってぇ～の！」

断るといつの間にか背後に回られ頭を小突かれた。

速すぎるから目で追えん。

しかも会話をするごとに叩いてくるからな……いい加減やめてくれよ……

「アルティ様、よろしかったら私の後ろに乗って、ティアで移動しませんか？　ティアも喜びます」

そうリタが提案すると、ババアの表情が一変した。

よほど嬉しかったのかとても優しくリタに話しかける。

「本当かい？　リタ嬢は優しいねぇ～。お願いしてもいいかい？」

「おい！　リタ。甘やかすなよ。たぶんババアなら身体強化して走っていった方が、俺たちより圧倒的にスピード出るぞ！　イタッイタッイタッ！　だから叩くなよ。本当のことだろ？」

正直に言うと今度はババアに三発も叩かれた。威力が少し強くてキツいぞ。

「このバカ！　そんなんじゃ風情も何もあったもんじゃないだろう。まったくこの子ときたら……」

「子供扱いはやめろよな！　もういい歳なんだからよ。それより、ババアがいない間のギルドの仕事はいいのかよ？」

「なぁに、わしの仕事は片付いとる。事務系は副マスターに任せとるからのう」

「自由だな」

「それが条件で、こんな面倒くさい役職を引き受けてやっとるんじゃ。嫌ならいつでも辞めてやるわい」

「確かにババアがいるだけで、他のギルドは無茶なことは言えんもんな」

「無理難題を言ってきたり道理に反することをしたりしようもんなら、そりゃわしとのハ・ナ・シ・ア・イをする必要があるじゃろうて。まあ今のところなんもありゃせんがな。ひゃっひゃっひゃっ」

そう言ってほくそ笑むババア……迫力ありすぎだ。

そんなこんなで冒険者ギルドを出た俺たちはニールとティアを連れて、リンの工房を訪ねることに。

ダンジョンで手に入れた、新馬車の材料を渡すためだ。

「リン、いるかぁ～」

工房の扉をノックし声を掛けるが返事はなく、何やらガチャガチャと中から音がする。

作業中か？

「お～い、入るぞ～」

再び声を掛けて、今度は扉を開けて中に入る。中には何やら楽しそうに、夢中で作業をしているリンとボウモアがいた。

「おう？　バン。いいところに来たな。ここを押さえといてくれ」

リンの工房に入って早々、ボウモアの指示が飛ぶ。

それに慌てて従う俺。

「あっ、ああ……」

「もっと左だ。ちゃんと押さえろ」

「おう……」

「リタ、久しぶり」

「久しぶり。リン、今日はとっても元気ね！」

「久しぶりにモアくんと作業。嬉しい♪」

ボウモアに勢いで作業を手伝わされているうちに、リンはリタと話し込み始める。

ボウモアの変形斧を、リンの意見を取り入れて改良していたらしい。接合部と刃の強化のためにいろいろと試行錯誤していたそうだ。

「よし、いったんここまでじゃな。で、バンたちは何しに来た？」と、ボウモア。

「ご挨拶だな……俺たちは馬車の素材を持ち込みに来たんだよ。後は材料を納品すれば制作開始だからな」

「ぷっふぁ〜〜〜！　そうかそうか。おもしろそうじゃのう。わしも祭りよりこっちを手伝った方が楽しめそうじゃ」

酒瓶を片手に一息ついて、ボウモアが言った。

「開発者は私、これは譲れない。それでもいいなら手伝わせてあげる」

「リンも頑固じゃのう。まあバンの馬車だし手伝ってやるわい」

ん？　なんかボウモアは祭りに行かず、ここでリンと俺の馬車を作ってくれるらしいな。

「うん。頼もしい助手を手に入れた。これで完成までの期間がだいぶ短縮できる。それにあれやこれや試したかったこともできる。ふっふっふっ」

職人の性《さが》というか、新しいもの好きというか、一種の病気のようなもんだな……

「二人とも、よろしく頼む。とりあえず材料を持ってきた」

俺がアイテムバッグを掲げると、二人の目の色が変わった。

なんか怖いぞ！

「あそこの倉庫に入れてほしい。早速品質チェックをして、明日から取りかかる」

「ほれ、さっさと出さんか」

リンとボウモアに急かされる。

「あっ、はい」

「なんか、二人の職人魂に火がついたみたいね……」

リサとひそひそ言いつつ、とりあえず指示された倉庫にアイテムバッグから素材を出して並べる。

すると、リンとボウモアのドワーフ二人は、目を輝かせて近寄り、手に取っていろいろと話しながら仕分けし始めた。

俺とリタをほったらかしで夢中な二人の邪魔をしないよう、そっと宿に戻ることにした。

9話 人質

翌朝早く、ニールとティアの世話をしているとアルティのババアがやってきた。

だいぶ早くないか？　しかも上機嫌だ。

楽しみで寝れなかったのか、年寄りだからもともと朝が早いのか？

「痛ったぁ〜〜〜！　朝一番の挨拶がこれかよ、ババア！」

「ふん！　お前が失礼なことを考えてるのが悪いんじゃ！」

なんで俺の考えてることがわかるんだよ、ババア！

「ブルル～、ブルル～？　（主～、大丈夫～？）」

「大丈夫だぞ、ニール。心配してくれてありがとな。あれ？　そういやババアと会うのは初めてか？」

「ブルル～？　（誰～？）」

「アルティ様、おはようございます」

「おお！　リタ嬢、おはようさね。無理を言ってすまないね～。よろしく頼むよ」

「はい。この子がティアです。ほらティアも挨拶して」

「ピピーン」

「おお！　よしよし、ティアちゃんかい。よろしくね～。綺麗なケルピーの女の子だね～。おお～、よしよし♪」

「おいババア！　俺を殴っといて無視するんじゃね～！」

朝から賑やかになってきたな。

ババアはリタと挨拶を交わすとティアとも挨拶を交わし、褒めては撫でるを繰り返す。

意外に、ババアは動物好きなのか？　知らなかった。

「初めましてだね。この黒い男の子がニールかい？　オババだよ、よろしくね～。これからも、バンを頼むね」

「ヒヒーン、ブルル～（はーい、よろしく～）」

「うんうん、いい子じゃいい子じゃ♪」

今度はニールかよ。

ニール……殴られた俺を心配してくれていたけど、ババアを敵視はしないのか？

「バン、たぶんだけどアルティ様に悪意がないからよ。ニールはじゃれ合いだと思ってるみたいね」

そう思っていたら、リタに言われた。

「それにしちゃ、ずいぶん強いじゃれ合いだけどな」

「それはあなたが悪いんじゃない？」

「そうじゃそうじゃ！　リタ嬢の言う通りじゃ！」

「………」

二対一では分が悪い。勝てる気がしない。

とりあえず黙って準備するか。

「それじゃ、乗客の宿に迎えに行くぞ」

「そうね。みんなちゃんと休めたかしら。王都に繰り出して疲れてなければいいけど……！」

「それじゃ、出発さね～」

なんかババアが張りきってるなぁ。ギルマスやっててかなり窮屈な思いもしていたのか？

まあいつも世話になってるし気分転換になるなら、それはそれでいいか。

「あれ？　ボウモアの旦那は？」

「ああ、ボウモアは王都に残って工房で新しい馬車の製造を手伝うそうだ」

カレンにボウモアのことを聞かれて答えると、みんな呆れていた。

「流石ドワーフっすね。祭りより鍛冶って」

そんな他愛もない会話を馬車に乗り込みながらしている。


あれからすぐに乗客を集めて王都を出発した。

道中は何事もなく平和だったのだが、ババアの提案により朝晩に全員が訓練を受けることとなった。

リタは『嵐の中の輝き』相手に模擬戦。

そして俺はというと……

「ほれ、バン！　魔力の制御が甘いぞ！　右腕と左腿じゃ！」

「言うだけでいいだろ！　叩くなよ！」

「ほれほれ、よけいに乱れとるぞ！　口応えはいいから集中しな！」

「くそっ…………」

俺は今、仁王立ちのまま身体強化の修業をしている。

身体を巡る魔力が甘いと、ババアに身体のあちこちを引っ叩かれながら……

「ふむ、少しはまともになってきたかね。次は身体強化魔法の魔力量を増やしな」

「いや、これが限界だぞ」

「ニールのおかげで増えてるはずじゃ。もっと身体の奥から絞り出してごらん」

「う～～～ん」

「そうじゃ、もっと出せるじゃろ？」

「むむむ～～～」

「もっとじゃあ～～～」

「うるさい！　集中できんわ！」

……こんな修業を受けてるんだが、決して俺が頼んだわけじゃない。

「本格的な修業は、祭りの後まで待ってやるわい。その前の準備として最低これぐらいはできるんだろうね？」

そう言ってババアは、身体強化して森へいなくなる。

少し経って、巨大な魔物を片手で持ち上げて帰ってきた。

「「「デビルグリズリー！」」」

なぜババアだけが、デビルグリズリーの存在に気付いた？

リタを見ると首を横に振って焦っている。

リタの精霊もわからないとは……ババア、どこまで行って狩ってきたんだよ!?

「さて、バン。これぐらいは素手で倒すことはできるんだろうね？」

「無理に決まってるだろうが！　だから基準を自分にするなよババア！」

「バカにしてるのかい？　こんなのわしにとっては準備運動にもなりゃせんよ。お前に合わせてやってるだろうに。はぁ～、だめだめだね」

だめだ……話が噛み合わないし通じない。

ちなみにデビルグリズリーは俺の身長を三倍したほどの巨大な熊の魔獣。

凶暴で雑食、食欲旺盛で攻撃的な性格だ。

本来、ゴールドランカーがパーティーを組み討伐する。

それをソロで、素手って……もうわけがわからん。

「最低でもこれぐらいはできるようになってもらうから、覚悟しておくんだね」

というわけで、修業を受けるために特訓をするという本末転倒になった。

それが道中の朝晩と続きクタクタになりながら、祭り会場の街であるラインドックに到着した。

ラインドック、王都の南に位置する南の侯爵領への玄関口となる街。

今までは特に目立った名物や特産品もなく、以前はそこそこ人がいるだけの街だった印象なのだが、街が大きくなりそれを取り囲む石壁が覆う立派な要塞都市と化していた。

検問は、貴族様たちのメダルのおかげですんなり通ることができた。

街の中央通りの正面には、王都の闘技場と同じような建物が建っている。

これが祭り会場なのか？　そしてこの人の多さはなんだ！　こんなに集まるものなのか？

王都よりごった返しているじゃないか……

「とりあえず、到着だな。ここで解散するか」

「バンさん、お疲れ様でした」と、シロー。

「シローたちはどうするんだ？」

「俺たちは武闘大会のパーティー部門に参加しようかと」

「そうか、頑張れよ」

「はい。いろいろとありがとうございました」

ここまでの馬車の料金を精算しながらシローと会話を交わす。

『嵐の中の輝き』たちも道中のだらけた雰囲気とはうってかわり、凛々しい表情だ。

とりあえずこれから冒険者ギルドに行って、出場手続きするらしい。

「バン、私たちも侯爵様の別邸にお呼ばれしてるから行きましょう」

「そうなのか？」

「レースの参加者、特に直接依頼が来た私たちはそこに泊まるらしいの。もちろん防犯の意味も兼ねて」

「なるほど……」

そう言いながらアルティのババアを見ると……

「もちろん、わしも行くぞい」

ハァ〜〜〜。当然のように言ってきやがった。

他の乗客たちと解散後、各ギルドを回り、問題もなく無事に手続きを済ませる。

その後、侯爵様のこの街の別邸へと急いだ。

ババアはなんか用事があるらしく、冒険者ギルドに置いてきたが……

「わしもすぐに行くから侯爵の屋敷で待っとれ」と、ふてくされていた。

「わかった、先に行ってるぞ」

ババアと別れて馬車をアイテムバッグにしまい、リタと二人でニールにティアを引きつれて別邸を目指した。

巨大な闘技場を避けるように南に進むと、大通りの先に目立つでかい屋敷がある。

しかし、道に人が多すぎて大変だな。

ニールもティアもなんかうんざりしているな。

だが二匹とも、八百屋の前や穀物屋の前に立ち止まっては涎《よだれ》を垂らす。

「ブルル〜、ブルル（主〜、お腹空いた〜）」

「お屋敷に着いたらすぐに食べ物を用意するから、我慢してくれ。今はこれで勘弁だ」

新鮮な果物を買ってその場でニールに与え、そう言い聞かせる。

「ブルル〜（わかったぁ〜）」

それを見たティアもリタにねだり始める。

「ピピーン」

「あらティア、あなたもなの？　はいはい、わかったわ。ニールだけずるいもんね」

「ピピーン」

なんだろう、娘と息子と一緒に旅をしたらこんな感じなんだろうか……そう思いながらリタを見ると……

「まるで姉弟をつれた家族旅行みたいね。ふふふ♪」

どうやら同じことを考えていたようだ。

「俺も同じこと考えてたよ。ずいぶんと大きい子供だけどな。ははは」

幸せな時間だが、立ち止まっていては周りの迷惑になってしまう。

頑張って早くこの大通りから抜け出さないと。

流石に乗馬したままは通れず、リタとそれぞれ手綱を引いてゆっくり歩いて向かっているが、なかなか前に進まない。

それでも辛抱強く進み、もう少しで通りから抜け出せそうになった時、突然変な男に声を掛けられた。

「兄さん方、立派な従魔でゲスな！　祭りのレースに出るでゲスか？」

「ああ、そのつもりだが……」

なんだコイツは？

「げへへへへ、いい儲け話があるでゲス。賞金よりも稼げるでゲスよ。もし興味があるなら、今夜あそこの酒場に来てほしいでゲス」

怪しすぎるな。しかし祭りに乗じて何か事件が起きたら大変だ。未然に防げるものなら防いでしまおう。

　とりあえず話に乗っているフリをするか。

「ほう〜〜〜、そんなに儲かるのか！　わかった。今夜だな？」

「はいでゲス。それじゃオイラはこれで、けっけっけっ」

　魔獣の大鼠《おおねずみ》に似た面の小柄な男。汚い身なりでかなり胡散臭《うさんくさ》い感じがするな。

　何かやらかすつもりなのか？　とりあえず調べてみるか。

　なんか、どっかで見たことある気がするが……


　そして侯爵様の別邸に到着した。したのだが……

「待たせるんじゃないよ、バン！　それにリタ嬢、コイツのお守りお疲れさん」

　なぜかババアがすでに門前にいた。

　確かに俺たちは時間は掛かったが、ババアが先に着くのはおかしくないか？　リタも驚いて言葉出ないようだ。

　も、もう考えるのはよそう……

「ほれ、揃ったぞい。開けてくれんか？　門番の兄ちゃん」

「はっ、はに！」

門番がババアの圧にビビッて噛んでるじゃねえか……

「ぷっ」

こらこら、笑ったらかわいそうだろリタ。

という俺も、どうにか我慢してる状態だけどな。

屋敷の門を潜り、すぐに近くにある厩にニールとティアを預ける。

「お待たせ！　ほら、たくさん食べてくれ。ニール、それにティアも」

「ヒヒーン（ご飯～）」

「ピピーン」

「あらあら、そんなに急いで食べなくても大丈夫よ。誰も取らないんだから」

「ブルル（はーい）」

「ピピー」

「本当に二頭とも賢いし、めんこいねえ。ニール君にティアちゃん。また、オババと一緒に走るかね」

「ブルブルブル（走るー）」

「ピピピ」

ババアの言葉にご機嫌な二匹だが、ババアが一緒にって……

それはたぶんババアが乗馬するのではなくて、ニールたちの隣を並走するんだろうなぁ……

その後、屋敷の入口に着くと扉が開かれ、侯爵様とレフォールお嬢様が姿を見せる。

それと……知らない男性が一人いるな？

「お邪魔させてもらうよ」

「お久しぶりです、侯爵様」

「閣下、お邪魔いたします」

「待っていたよ。アルティ様にバン殿にリタ殿。立ち話もなんだね。どうぞ中に入ってくれ」

そう言って俺たちを屋敷に招き入れてくれる侯爵様。

応接室に通され、お茶をメイドさんが運んできてくれた。

一息つくと、同席していた見知らぬ男性が俺とリタを交互に見ながら自己紹介を始めた。

「お二人とも初めまして。母――マルゴーから聞いております。息子のパヴィヨンです。よろしくお願いします」

「「ええ～～～！」」

マルゴー女王陛下の息子ってことは、王子様！　ていうか、王太子か！

驚きのあまり声を上げてしまった俺とリタ。

それを無視して話し始めるババア。

「坊、久しぶりだね」

「はい、先生。ご無沙汰してます」

「うんうん、いい子に育ってオババは嬉しいよ」

「でも、坊はやめてください！　もう成人もして、今回の式典で王太子なんですから」

「それはすまなかったね♪」

もうこの国で最高位なのは、ババアじゃなかろうか……

しばらく談笑した後で、パヴィヨン王太子様は他の貴族たちの挨拶に対応するらしく、別室へ行った。

「どれ、わしは坊についていこうかね。ヒッヒッヒッ」

ババアは悪い笑みを浮かべて、王太子に同伴。

リタは、レフォール嬢とニールやティアに会いに厩へ。

そして俺はというと……先程持ちかけられた怪しい話を、侯爵様に報告していた。

「なるほど……ずいぶんと怪しいが、あからさますぎないかね？」

「はい、罠とも思えますが、とりあえず今夜行ってみようかと」

「大丈夫なのかい？　いや、愚問だったね」

「内容がわからないと、先手が打てませんから、それに危なくなったら暴れて逃げますよ」

「うん、ほどほどにね……あまり新しい街を壊されると大変なんだけど……」

「相手次第ですが善処します」


日も暮れて、俺は一人で酒場に赴いた。

たぶんリタとババアは気配を消してついてきているが、勘でしかない。

「とりあえずエールを」

無愛想なマスターに一杯頼み、ジョッキに口をつけながら周りの様子を見まわす。

あまりまともな奴らでないのが明らかな風貌に、言葉遣いの連中だ。

話の内容もゲスの極みだな……

その時突然、壁の方からドアが開く音が。

「おい……この中のレース参加者は黙ってこっちへ来い」

奥の壁が隠し扉になっていたんだ。

みんなが驚いて静まり返った室内に、フードを被った男の声がよく通る。

俺は言われるがままに、他の数人と一緒に隠し部屋に入った。

中には、フードと仮面をつけた男がいた。豪華な椅子に座って、こちらの力量を推し量るように見てくる。

「ふむ、悪くないな……」

「お前ら、これから説明するからよく聞け」

仮面の男が呟くと、その横に立っている男が声を荒らげて話し始めた。

服の感じからして、こいつら軍人か？

「ここに来たからには後戻りはできん。依頼は受けてもらう。報酬は金貨百枚だ」

「「「おお～～～！」」」

「それで、依頼の内容は？」

報酬額に嬉しそうに声を出す奴らを無視し、俺は座っている男の目を見ながら聞いてみた。

「まずはレースで決勝に残ることだ。報酬に金貨十枚を渡す。妨害や裏取引、駆け引きや賄賂《わいろ》、何を使ってもいい。必ず残れ。決勝進出を勝ち取った者に、次の依頼内容を伝える。その依頼を達成後に報酬として金貨百枚だ。いいな？」

(((コクリ)))

ずいぶんともったいぶるな……とりあえずレースで勝って決勝に進まないと本題がわからんか……

どうする？　ここで先に潰すか？　と、思っていたら……

――ドッカーン

突然部屋の壁が爆散し、噴煙の中からババアとリタが現れた。

「人様の国で、ずいぶんとあれこれやってるみたいだね～。帝国の軍人さん」

帝国？　どういうことだ？

そう思うが、仮面の男は無言のままだ。

「沈黙は肯定と見なすぞい」

「お前ら、足止めしろ！　そいつらを殺したら報酬で金貨十枚くれてやろう」

「「おお～～～」」

「いったん引くぞ。ここは任せる」

仮面の男が部下にそう告げて立ち上がり、隠し通路を開けて逃げる。

追ったが、通路の入口にも緑色の軍服を着た男たちが立ちはだかった。

「邪魔さね、雑魚はおどき」

ゴロツキどもを相手に、立ちまわるババアとリタ。

俺は逃げた仮面の男を追うべく、軍人たちへ剣を向けた。

「そこを通してもらう」

「ふっ、冒険者くずれのゴロツキが何を……」

――ザシュ

「グフッ……」

「おい、こいつやるぞ！」

「しょせん従魔師。数でかかれば問題ない、囲め！」

「フン」

――ザク、ズサ

数人に囲まれたが、回転斬りで二人を仕留める。そして剣先を、仮面の男の隣に立っていた奴へ向けて、言い放つ。

「おい、お前にはいろいろと吐いてもらうぞ」

「くそっ……ここまでか」

「おい、やめろ！　それを飲むな」

「帝国に栄光……あれ……ゴホッゴホッ」

くそっ、毒を呷りやがった。

しかし、この覚悟からしてやはり正規の軍人だろうな。

即効性の強力な毒だったのだろう。すごい形相で死に絶えた。

駄目だ、情報が何も手に入らなかった……ならばこの通路から追って……

「バン、深追いはやめな」

「チッ……わかったよ」

そう思っていたのに向かおうとした途端に、ババアに止められた。

ババアとリタは、すでにゴロツキ全員を打ちのめし終わっていた。

かろうじて息があるゴロツキどもは、リタの氷魔法で手足を固められている。

「リタ嬢は侯爵邸に。バカ弟子は衛兵を呼んでおいで」

ババアの指示に従い、俺とリタ、それぞれ酒場を出た。


「ババア、衛兵を連れてきたぞ。リタは？」

しばらくして俺は、衛兵を連れて戻ってきたが、リタが見当たらない。

「衛兵、ここはあんたらに任せるよ」と、ババアは焦った様子を見せる。

「「はっ」」

「バン急ぐよ、ついてきな」

「おい……まさか？」

そういえば、まだ侯爵様からの私兵が来ていない。

おかしい……侯爵邸なら詰め所よりも近いはず……

当たってほしくないが、とてつもなく嫌な予感がする。

夜道をババアと二人、猛スピードで侯爵邸に向かって走る。

すると道の真ん中に人影が二つ。

「それ以上近寄れば殺す」

「バン……アルティ様……ごめんなさい……」

「クッ…………」

両足を傷つけられ、両手を後ろに押さえつけられた囚われたリタが、盾のような扱いで仮面の男の前に突き出されていた。

その首に短剣を突きつけられながら。

「お前には追って指示を出す。ここは引かせてもらうぞ」と、仮面の男。

「待て！　リタを、リタを離せ！」

「交渉材料ができたのに、そんな馬鹿なことはせんよ」

「頼む！　なんでも言うことを聞く。俺の命だって差し出す。だから……」

「ならばまずはレースで決勝に進め。進めたら次の指示を待て。全てが終わったら、女は返してやろう。ふふふ」

そう言って、仮面の男はリタを連れ去っていった……

◆

結局、あれから今日のレース開催日まで、奴からは、なんの連絡もない。

侯爵様に報告すると……

「陛下に報告して、国家権力総動員で探してもらうから……」とのこと。

「わしもギルドを動かす。バンは相手が連絡してきやすいよう、下町の宿を取りな」

ババアも続けて言う。

「…………」

「しっかりおし」

――バシッ

黙っていたら、ババアのビンタで我に返った。

「ババア……」

「今は我慢だ、バン。リタ嬢なら大丈夫さね。祭りが終わるまでは無事さね」

「ああ……」

みんなが動いてくれている。俺もしっかりしないと。

俺は侯爵邸を出て、言われた通りにニールとティアを連れて宿を取った。

一人きりになり、気が狂いそうになるのを必死で堪え、レースのために、ひたすらニールと街の外周を走りこみ、ニールが疲れた後は、一人訓練に勤しんだ。

夜は眠れず、悲しく鳴くティアの側で、ニールと朝まで過ごし慰めてやった……

まずはレースだ。

二回の予選をくぐり抜け、決勝に出なければ、それしか手がかりがない……


そうこうしてるうちに祭りが始まったが、俺は開会式の盛り上がりもうわの空だった。

その後すぐに始まった武闘大会の歓声が遠くに聞こえるが、ただただレースに勝つことだけを考えて、ニールと闘技場に併設された厩で過ごしていた。

「頼む……ニール……力を貸してくれ」

「ブルルルル（主、元気出して～）」

「ごめんな……ははは……」

「ブルル～（主～）」

俺を慰めるように顔を擦り寄せてくるニール。

しかし俺の心の中はグチャグチャだ。平然を装っているが、冷静さを取り戻せない。

心配に不安、希望や絶望、そして怒りと殺意。

まったく、駄目な主だな……


「それでは、予選一回戦、一組目、従魔と共に入場してください」

いつの間にか時間が過ぎて、従魔レースの係員に呼び出された。

俺はニールに跨り、手綱を握り軽く腹を踵《かかと》で蹴る。

すると……

「ブルル、ヒヒーン（大丈夫、絶対勝つから）」

そう嘶いたニール。

頼むぜ相棒。

10話　従魔レース

「さあ、武闘大会の予選の熱も冷めやらぬまま、従魔レースとなりましたが、皆さん盛り上がってますかぁ〜〜〜」

「「「うぉ〜〜〜〜〜」」」

「引き続き、実況は私、王都冒険者ギルド本部一番窓口受付のユーイが魔導拡声器によりお送りいたします」

「「「ユーイちゃ〜〜〜ん」」」

「解説は侯爵領従魔師ギルドマスターのミュラー様をお招きいたしました。よろしくお願いします」

「どうぞ、よろしく」

「さあ皆様、従魔師とその相棒、揃っての入場でーす」

「「「うぉ〜〜〜〜〜」」」

　こうして大盛り上がりでレースが始まった。

「全百二十八頭の頂点、王国最速の従魔コンビはいったいどのペアなのかぁ〜〜〜!?　戦いの火蓋が切って落とされま〜〜〜す」

「「「うぉ〜〜〜〜〜」」」

「改めてルールを説明します。一レース八頭で進め、この闘技場を時計まわりに五周して、その着順とタイムを競います。相手への妨害以外、魔法やスキルは能力として使用可です。また、周回遅れになったらレース中でも失格となります。予選、準決勝は上位二頭が次のレースに進み、翌日決勝で最速の称号を懸けて挑むわけです。解説のミュラー様、このレースの見どころは？」

「そうですね～、従魔が大きすぎると、小まわりが利きません。このコースだと大型の従魔は不利になると思います。また、五周という距離も、スピードとスタミナのバランスが大事でしょう。魔法やスキルを使うタイミングも見どころでしょうね」

「「「なるほど～～～」」」

「流石はミュラー様。わかやすい解説ありがとうございます。それで今スタートラインにいる従魔の中で一番のおすすめは？」

「そうですね～、少し入れ込みすぎかと思いますが、最後に入場した八番の黒いスレイプニルですかね。馬型としては巨大ですが、問題ないでしょう」

「なるほど、おおっと！　今のミュラー様の発言で締め切り間近の最終オッズが変わったぞ～～～」

「あくまでも私の見立てなので責任は取りませんよ」

「はい、投票を締め切りましたぁ～！　それでは初戦スタートです」

何かと周りが騒がしいが、俺の耳にはほとんど入ってこない。

俺は今ニールに跨り、スタートの魔法による合図をひたすら集中して待っていた。

俺たちがいるのは、コースの大外枠。

ニールの体温と鼓動を感じ取り、その息遣いに呼吸を合わせる。

「位置について、用意」

――パァーン
合図が鳴り、レースが始まる。

「おおっと、これはミュラー様のおすすめ、大外のスレイプニルが飛び出したぁ～！　速い、速いぞ～」

「おお～～～～～～」

「あっという間に半周差が、いや徐々に速度も上がっているぞ！　すでに最後尾を捉えたか！」

さっさと決めてしまいたい。レースを楽しむ余裕などない。

ただ勝ち進み、仮面の男たちに接触される機会を作らなければ……

「ニール、ぶち抜け」

「ブルル～（いくよ～）」

「おおっと、まだ速度が上がるのかぁ～、二周目後半なのに一頭二頭と周回遅れにしていくぞ～」

「す、すごい……あんなに速いなんて……」

「おおっと！　残すは一頭、あっ！　ここでレース終了の合図で～す」

「「「………」」」

「あまりの速さに観客の皆様も言葉が出ない様子！　一着がスレイプニルのニール、二着がグリーンホースのリョウサンガタで決着で〜す」

「「「うお〜〜〜〜〜〜〜〜」」」

「なんという速さでしょう。これは今後も期待の従魔ですね、ミュラー様」

「いや〜、おすすめと聞かれて答えましたが、ここまでとは……しかしスタミナが心配ですね。今日もう一レースありますから」

「初戦から大盛り上がりの従魔レース。あのスレイプニルほど速い従魔は現れるのか？　続きまして予選二組目のレースです………」


レースが終わって厩に戻り、下馬してニールを労う。

「ニール、流石だな」

「ブルル〜（まあね〜）」

「今日はもう一レースあるけど疲れはないか？」

「ヒヒール（余裕〜）」

「本当に頼もしいな」

「ブルル～（ご褒美～）」

スリスリと俺の手に顔を擦りつけてくるニール。

「よしよし、ほらよ」

「フーフー♪（甘ーい♪）」

尻尾を嬉しそうに大きく左右に振り、黒糖の甘みで幸せそうな表情だ。

「しっかり水は飲むんだぞ。あと、岩塩もちゃんと舐めといてくれよ」

「ブルル～（は～い）」

俺たちの後のレースもかなり盛り上がっているようだ。

運営のスタッフに声を掛け、俺は一人でレース場の奥の通路へと足を運んだ。

そして他の参加者を観察し始めた。

この中に、あの仮面の男と関係がある奴がいるかもしれない。いや、必ずいるはずだ。どいつだ？　さっさと尻尾を出せ。俺に接触してこい。

冷静ではない俺には、全員が怪しく思えてくる。

一人一人、人気《ひとけ》のない場所に連れていって脅せばいいか？　いやいや、それは流石に……

駄目だ、考えがおかしくなってくる。

少し気分転換でもしないとな。

よし、参加者ではなく従魔たちを見てみよう。
あれはワイバーンか？　それにホワイトウルフ。
うん？　それにブルードラゴンまで！
すごいな、ニールに嫉妬される前に一度に触ってみたいが……
……ってあれは、レッドホース！
ニールと変わらぬ立派な体格に、炎のような鬣と尻尾。瞳は青か……
こいつは手ごわそうだな。次の予選で当たらないことを祈るばかりだ。
「どうだ、俺の従魔は？」
！　油断していた。
仮面の男の従魔だったのか。気付かなかった……気を抜きすぎたか。
それに、まさか本人が参加していたとは！
ああ、今すぐコイツを拷問してリタの居場所を吐かせ、彼女を助け出してやりたい。
しかし、この服装は本当に帝国の軍服だな……かなり上質に誂《あつら》えられている。
どうする……？　今ここで殺《や》るか？
「やめておけ、ここで動けば女は死ぬぞ」
「…………ふぅ～」

俺の殺気に反応し、仮面の男は先に言葉をかけてきた。

クソッ……

怒りと殺意を必死に抑え、腕を組んで壁に寄りかかり、息をゆっくり吐いて気持ちを整える。

「し、しかし、素晴らしい従魔だな。何か近寄りがたい雰囲気だが……」

落ち着けと自分に言い聞かせながらそう話しかけた。

「あいつはプライドが高くてな。戦って屈伏させ従魔にしたんだよ。この日のためにな」

「だからか……」

「とりあえず、お前は次のレースで決勝進出を決めろ。それができれば当日に指示を出す。もし決められなければ女は無事では返せないぞ。はっはっはっ」

「チッ………わかった」

「そういえばお前、名前は？」

「………バンだ」

「なるほど、ギルマス殺しのバンか？」

「よく知ってるな……」

「これはいい手駒が手に入った。バン、安心しろ。約束は守ってやる。全て終わればちゃんと女を無事に返してやるぞ」

「いったい何を企んでる？　それに、お前の名は？」

「ああ、失礼。名乗るのが遅くなったな。キャスバルだ。一応王国に招待され、参加している帝国の貴族だよ。それじゃ私もレースがあるのでこれで失礼させてもらうぞ」

「ああ……」

キャスバル……お前は必ず俺の手で殺してやる……


予選二戦目のレースも終わり、特に苦戦することもなく、俺たちは無事に決勝進出を決めた。

予選が終わり、キャスバルからすぐに指示があるかと待機していたが来なかったので、一度、ニールと宿屋に戻る。

すると、ババアが厩で鳴いているティアを慰めていた。

「ピピーン……ピピーン……」

「ちゃんとお前さんの主を助けるからね。もうちょっとの辛抱さね……おう～～よしよし」

「ババ……いや、アルティ様。ティアの世話ありがとうございます」

「お前がそんなんだと調子が狂うね～」

「あの……物陰の気配は？」

「わしの子飼いの弟子二人だよ。心配ないさね。それより中で話すよ」

なんだよ、キャスバルの手下かと思って警戒していたが、ババアの部下か。

しかし気配はあるが姿は見えず、その気配も裏社会の奴らと同じ雰囲気を纏っている。

なるほどな、そっち系ってことかよ……


ニールを厩に入れて、ババアと宿屋の部屋へと入りお茶を出す。

「まさか、お前がちゃんともてなすなんてのう？　これもリタ嬢のおかげかね～」

「まあな……」

一口飲んで軽口を叩かれるが、俺はいつものような調子では返せない。

「本題に入るよ。バン、リタ嬢の居場所は突き止めた」

「本当か？　なら今すぐに……」

「お待ち！　焦るんじゃないよ」

「でも、すぐに助けに、」

――バシン！

「落ち着きな！　そして話をお聞き」

「ツ～～～、わかった……」

ババアにビンタされて、ようやく我に返る。

駄目だ……焦って冷静になれない……

「奴らのアジトの監視は怠《おこた》ってないよ。リタ嬢も無事さね」

「そうか、よかった……」

「でだ、明日の決勝レースが始まると同時に手薄になったアジトを襲撃し、リタ嬢を助け出す。もちろんわしも行くぞい」

「なら、俺も……」

「お前さんには奴らの気を引いてもらう必要があるんだよ。奴と部下たちの、レースを利用した謀略を潰してほしいのさ」

「その謀略とやらをババアは知っているのか？」

「おそらくだが、王族の暗殺だ。標的は王太子、もしくは女王陛下だろうね」

「なんだと！」

「優勝者は、直接王族が表彰する。いろいろと理由はあるが、今更取りやめもできんさね。そのために決勝レースで、イカサマして優勝するつもりだろうね」

あいつら、そんなことをしでかすつもりだったのか……

「だからリタ嬢はわしたちに任せて、お前には奴らを引きつけ、王族を守ってほしいのさ。もし奴らが暗殺に成功したら戦争になるさね」

「わかった……リタのことを頼む」

「オババに任せな。助け出したら合図するから、そうしたら遠慮なく動いちまいな」

「わかった」

「警護は残していくよ。少しでも休んできな」

「ああ……」

ババアは、話し終わるとすぐに宿から出ていった。

それから俺はベッドに横になるが眠れず、キャスバルからの連絡も宿にはなかった。

◆

そして、翌朝を迎えた……

闘技場に入り併設された厩で、ニールの世話をしながら出番を待っていると、奴——キャスバルが近寄ってきた。

「やぁ、バン。調子はどうかね？」

「悪くない……」

「そうか！　ならばよかった。決勝レースではお手柔らかに頼むよ」

そう言ってキャスバルは俺の肩に手を置き、耳元で小声で囁いた。

「私を優勝させろ。なぁに、私の前に出なければいいだけのことだ。それと他の参加者が抜かそうとしたら邪魔をしてくれると大いに助かるぞ。レースが終われば無事に女を返してやる」

「わかった……一つ聞きたい」

「なんだね？」

「彼女は強い、俺よりもな。それなのになんでお前なんかに後れを取った？　どんな手を使ったんだ？」

「ふむ……そう強くはなかったぞ？　魔法も大したことはなかったしな。妊娠中の女性など魔力が上手く扱えないのは当然だろうに。捕らえた後も腹を守っていたぞ」

「なんだと！」

驚いて思わず大声で叫んでしまった。

確かに女性が妊娠すると上手く魔法が使えなくなると聞いてはいた。

だが、まさか、そんな……リタは何も言ってくれなかった……

「おや？　知らなかったのかい？」

「…………」

「まあいい。こちらは人質が二人ってことだ。よく考えて行動してくれよ、はははははは」

そう言ってキャスバルはレッドホースのところへ戻っていった。

俺が父親？　リタは本当に無事なのか？　お腹の子は？

突然のことに、驚きと嬉しさがこみ上げてくる。

しかしその気持ちの大きさに比例して、キャスバルへの怒りと殺意も膨らんでくる。

今すぐリタの元へ行きたい気持ちと、奴を殺してやりたい気持ちを必死で抑え、立ちつくしていると……

――ベロン
「ブルル～（大丈夫～？）」

俺の頬に、濡れた生温かい感触。

ニールが俺を舐めてきて、俺を心配しているニールの気持ちが伝わってきた。

「ああ、大丈夫だよニール。今日のレースはいろいろと大変かもれないけど、頼むな！」

「ブルル～（任せて～）」

「それでは従魔レース決勝戦を行います。参加者の皆様は従魔と共に闘技場に出てください」

そうナレーションが響き渡る。

「ニール、いくぞ」

「ヒヒール（今日も一位だもんね～）」

「そうだな……」

「ブルル？　（主？）」

ババアからの合図はまだか？　頼む……早くリタを……

◆

「さあ、従魔レースの決勝で〜〜〜す。皆様〜〜〜、盛り上がってますかぁ〜〜〜〜〜」

「「「うお〜〜〜〜〜」」」

「それでは従魔師とその相棒の登場だぁ〜〜〜」

「「「おお〜〜〜〜〜」」」

一番にキャスバルから入場し、そのたびに実況がいろいろと情報を話している。

正直そんなことはどうでもいい。

早く、知らせでも合図でもいいから送ってくれ。彼女たちの無事が知りたくてたまらない……

「それでは最後の八頭目の入場だぁ〜〜〜」

俺の番か、なるべくゆっくりと進んで、少しでも時間を稼ぐとしよう。

「おお！　威風堂々。ゆっくりと優雅に、そして一歩一歩力強く、一番人気の登場だぁ〜〜〜。

ぶっちぎりの予選一位通過。冒険者でありながら、従魔師として乗合馬車を営《いとな》んでいるバン選手と、並の従魔とは一線を画す、黒く輝くその毛並み、闘争本能剥き出しの赤い瞳、そして一度走りだせば他を圧倒する速さ、スレイプニルのニール～～～」

「「「うお～～～～～～」」」

「ヒヒーン（イェ～イ）」

ずいぶんと盛り上げてくれる。

そして俺たちの紹介と客の歓声で、ニールの気分がかなり高揚してしまった。

嘶きながら、後ろ足で立ち上がりを空を掻いている。

これは入れ込みすぎではないだろうか……

「どうどう、落ち着けニール」

そう言いながら手綱を引くが鼻息も荒く、かなり興奮している。

それを首を叩いて宥め、「大丈夫だ、落ち着け」と心の中で言いながら擦る。

「フ～～フ～～（もう大丈夫～）」

「そうだ、落ち着こうな。いつも通りでいいんだ」

「ブルル～～～（わかったぁ～）」

「よ～し、よ～し、」

ゆっくりとパドックを一周歩いて、観客にお披露目をし、他の従魔と横一線に並ぶ。

まだ合図はないか……

「各従魔がスタート地点に並びました。ミュラー様、決勝での予想はいかがでしょう？」

「そうですね、帝国からの招待枠、キャスバル様の従魔であるレッドホースのラビットがとても状態がいいですね。一番人気のニールが今回大外枠ですが、内枠有利なこのコースだと期待大です。それにオットーラ選手のホワイトタイガーや、クロシス選手のブルードラゴンもすごくいいですね。予選では本気で走ってないように思います。まだまだ余力を感じますね」

「なるほど……どの従魔が来てもおかしくないと？」

「ええ、決勝に出場できるということは、みんなそれぞれ実力者ですから……」

「それは、レース展開がとても楽しみですね。さあ、決勝レースが始まります。おおっと！　合図と共にスタートから飛び出したのは、最内枠のレッドホースのラビットと、大外枠のスレイプニルのニールだぁ〜他の従魔たちは、少し後で一団となってついていく〜」

「ああ〜、これはニールが不利ですねぇ〜」

「ミュラー様、どういうことでしょう？」

「レースは五周、コースの内側をラビットが押さえ、このまま外にニールが並走したまま進むとすれば、走る距離が違います。一周ではわずかでも、五周ともなると積み重なった疲れの度合いも違うでしょう。スタミナが心配です。最後に、足を溜めている後ろの一団も、残り一周で襲いかかってくるでしょう。その時に耐えられるかどうか……」

「なるほど～～～」

「しかし、現在一位のラビットにピッタリとつき、二位をキープしているニール。おおっと！　一団ではオットーラ選手とクロシス選手が騎乗しながら殴り合っているぞ～～～!?　いったい何が？」

「どうやら、接触によってトラブルに発展したみたいですね。両者失格です」

「コースアウトして従魔から降りても、まだ殴り合ってあるぞ～。観客たちの賭けも始まったぁ～！そちらのオッズや勝敗も気になりますが、改めて決勝レースに注目です」

「そうですね、すでに残り一周間近です。ここからが勝負所ですね」

「おおっと、ここで先頭のラビットがニールを突き放す。そして後続の一団も一気に速度を上げてきたぁ～」

キャスバルに言われた通り、俺は最初から外について二位をキープしながら追走している。

最初からさっさと抜き去りたいニールを手綱で押さえながら。

そのため上手く乗れず、ニールの疲労がいつもよりひどい。

そして奴は鞭で合図を入れると、俺たちを突き放し始めた。

「ブルル～？　（抜かしちゃだめなの～？）」

「まだだ、まだ待ってくれニール」

「ヒヒーン！（でも、このままじゃ負けちゃうよ～！）」

残り半周、合図はまだなのか？

「えっ！　雪？　突然雪が降り始めました。こんな時期に珍しいですが、このタイミングで雪とは決勝を彩りますね～。先頭のラビットが最終コーナーを曲がり、最後の直線に入ってきましたぁ～後ろの一団も外に広がりそれを追う。ニールはその一団に取り組まれた。しかし後続は届くのかぁ～～～」

なんでこんなに時期に雪などと、少しだけ顔を上げると、闘技場の最上階にババアに支えられながら一緒にいるリタが見えた。

空に向かって両手を広げ、俺を見ている……そうか、リタの氷魔法か。

顔色はよくないが、無事でよかった。本当によかった……

「ニール、すまなかった。今からでも追いつけるか？　一着を取りに行くぞ」

「フン、フン（待ってましたぁ～、本気出す～）」

「はっ」

手綱で合図をして自身の身体強化を最大限に上げる。

それと同時に、ニールからも魔力が噴き出し、瞳が光りドンッという衝撃と共に速度が爆発的に上がった。

俺はニールを制御するために歯を食いしばりすぎて出血する。

ニールの本気とはこれほどなのか……ババアに鍛えられてなければ耐えられなかった。

「おお！　これはすごい、すごいぞニール。猛烈に追い上げる。ラビットに届くか、届くのか？　並んだ！　そして頭一つ抜き出したぁ～～～！　一着、ニール～～～！！！」

「「うお～～～～～」」

キャスバルをゴール直前で抜き去り、スピードが落ちると思わずガッツポーズをしてしまった。

そして……

「ニール、すまなかった、そしてありがとうな」

「ブルル～（いっちば～ん）」

しかし、勝利の余韻《よいん》に浸るのは後だ。

そのまま騎乗し出口へと向かうキャスバルとラビットの前に回り込み、道を塞いで問いかけた。

「どこへ行く？」

「馬鹿め、大人しく負けていればいいものを。人質を今から始末しに行くところだ。この怒りをあの女にぶつけてやろう」

「それは彼女のことか？」

最上階でぐったりしたリタを指さして尋ねると……

「なぜ？　まさかアジトが？」

「そのまさかだ」

「おいラビット、引き返せ！」

手綱を引いて、反対方向へ駆けだすキャスバル。

出入口はここだけだ。どうするつもりだ？

「バン、どけ。押し通る」

「させんよ、キャスバル」

アイテムバッグから大槍を取り出し、助走をつけて突っ込んでくるキャスバルとラビット。

俺も手綱を離し、大剣を取り出して両手で構え、ニールの腹を軽く蹴る。

するとニールは突っ込んでくる相手に向かって走り始めた。

見ている観客たちはどよめき、悲鳴を上げる。

勝負は一瞬、そして一撃……

「ウッ…………」

――ドサッ
すれ違った瞬間、奴が大槍を持っていた右腕ごと切り落とした。

その痛みと衝撃で、地面に落ちたキャスバル。

「お前さんにはいろいろと話してもらうぞい」

いつの間にか冒険者たちを引きつれたババアが現れ、キャスバルを連れていった。

「おい！　リタはどうした？」

「あそこに預けてあるよ」

ババアにそう尋ねると、女王陛下の座るロイヤルボックスを指さした。

そこには……苦笑いのリタが座っていた。

「さっさと陛下に表彰されておいで」

「ああ……アルティミシア様……ありがとうございました」

「ふん、柄にもないこと言うんじゃないよ……」

◆

それからは無事に何事もなく表彰も終わり、俺たちは少し休むことにした。

女王陛下と辺境伯にお願いし、ニールを拾ったばかりの頃、世話になった村周辺を領地としてもらい、リタの出産に備えた。

挨拶と順番が逆になってしまうと焦った俺は、エルフ国に手紙を出すと、なんとリタの両親が向こうからこちらに出向いてくれた。それに……


バンくんへ。

新しい馬車できてるから、落ち着いたら早く取りに来て。

あれはニールじゃないと引けないから。

その前にモアくんと遊びに行く。よろしく。


そんな手紙がリンから来たと思ったら、ババアとアンたち三人組も一緒に遊びに来て驚いた。

そしてしばらくみんなで過ごしていると、その時を迎えた。

「おぎゃ～～～おぎゃ～～～」

「リタ、お疲れ様、そしてありがとう」

「ふふふ♪」

無事に子供が生まれて、しばらくはのんびりと子育てしながら領地経営を学ぶ日々を送っている。

帝国はあれから大人しく、国同士の問題も特に大きなことはないらしい。

結局、冒険者を引退して貴族となったわけだが、真っ当な代官でも雇って乗合馬車は続けるつもりだ。

貧乏男爵の出稼ぎにもなるし、子供には広い世界を見てほしいしな。

まずは馬車を取りに行かないと。

リタと三人でエルフ国へも出向かなければいけないし、陛下にも顔を見せろと言われている。

「あ～う～」

「ブルル～、ヒヒーン（主～、リオンが～）」

自分に手を伸ばしてくる赤ん坊――俺の息子のリオンにニールがうろたえる。

「あらあら、リオンも本当にニールが大好きね♪」

「俺たちの息子だしな♪」

そう言ってリタと笑い合う。

何かと忙しいが、あの時ニールと出会ったおかげで俺の人生は大きく変わったのは確かだ。

2024年4月13日より放送開始!
(TOKYO MX・MBS・BS11ほか)

各定価:1320円(10%税込)

1~22巻好評発売中!

デスゲームと化したVRMMORPG「THE NEW GATE」は、最強プレイヤー・シンの活躍により解放のときを迎えようとしていた。しかし、最後のモンスターを討った直後、シンは現実と化した500年後のゲーム世界へ飛ばされてしまう。デスゲームから“リアル異世界”へ——伝説の剣士となった青年が、再び戦場に舞い降りる!

illustration:魔界の住民(1~9巻)
KeG(10~11巻)
晩杯あきら(12巻~)

コミックス
1~14巻
好評発売中!

漫画:三輪ヨシユキ
各定価:748円(10%税込)

アルファポリスHPにて大好評連載中!

アルファポリス 漫画 検索

Re:Monster
リ・モンスター
1〜9・外伝
8.5
暗黒大陸編1〜4
金斬児狐
Kanekiru Kogitsune
シリーズ累計
170万部
(電子含む)
突破!
2024年4月4日〜!
TVアニメ
放送開始!!
(TOKYO MX、BS11ほか)
ネットで話題沸騰!
怪物転生
ファンタジー
最弱ゴブリンの下克上物語 大好評発売中!
Re:Monster
リ・モンスター
金斬児狐
転生したのはまさかの最弱ゴブリン!?
ネットで超人気!
怪物転生ファンタジー
【小説】
1〜9巻/外伝/8・5巻
◉各定価:1320円(10%税込)
◉illustration:ヤマーダ
新章
Re:Monster
リ・モンスター
暗黒大陸編
THE DARK CONTINENT
1
金斬児狐
最弱ゴブリンから最強黒鬼
そして新世界の伝説へ!
新たな旅が今始まる!
累計65万部!
新シリーズ!
【小説】
1〜4巻(以下続刊)
◉各定価:1320円(10%税込)
◉illustration:NAJI柳田
コミカライズも大好評!
Re:Monster
リ・モンスター
1
転生したのは…最弱ゴブリン!?
異世界下克上
サバイバルファンタジー
累計23万部突破!!
待望のコミカライズ!!
【漫画】
1〜11巻(以下続刊)
◉各定価:748円(10%税込)
◉漫画:小早川ハルヨシ

異世界
子育てしながら冒険者します
ゆるり紀行
1~15
水無月静琉
Minazuki Shizuru
シリーズ累計
110万部(電子含む)
突破!!
2024年7月
TVアニメ
放送開始!!
(テレ東・BSテレ東ほか)
1~15巻
好評発売中!
コミックス
1~8巻
好評発売中!
異世界 子育てしながら冒険者します
ゆるり紀行
水無月静琉
転生したら、双子を保護しました。
子連れ冒険者のんびりファンタジー!
子連れ冒険者の
のんびりファンタジー!
神様のミスで命を落とし、転生した茅野巧。様々なスキルを授かり異世界に送られると、そこは魔物が蠢く森の中だった。タクミはその森で双子と思しき幼い男女の子供を発見し、アレン、エレナと名づけて保護する。アレンとエレナの成長を見守りながらの、のんびり冒険者生活がスタートする!
異世界 子育てしながら冒険者します
ゆるり紀行
水無月静琉
みずなともみ
1
転生したら、幼い双子を保護しました。
シリーズ累計15万部!!
◉各定価:1320円(10%税込) ◉Illustration:やまかわ ◉漫画:みずなともみ B6判 ◉各定価:748円(10%税込)

最強最古の神竜は、辺境の村人ドランとして生まれ変わった。質素だが温かい辺境生活を送るうちに、彼の心は喜びで満たされていく。そんなある日、付近の森に、屈強な魔界の軍勢が現れた。故郷の村を守るため、ドランはついに秘めたる竜種の魔力を解放する!

1~24巻 好評発売中!

各定価:1320円(10%税込) illustration:市丸きすけ

漫画:くろの　B6判
各定価:748円(10%税込)

知識チートで
のんびり領地経営していきます。

隣国の侵攻で父が戦死し、辺境の子爵家を継ぐことになったアクス・フレンハイム。急なことに慌てふためきつつも、機転を利かせて敵軍の撃退に成功する。しかしホッとしたのもつかの間、領地の復興という難題に直面することに。ところが実はアクスには、前世の地球の記憶があった！　その知識を頼りに、新しい紙を開発して王家に売りつけたり、仲間の力を借りて、魔獣由来の素材や新しい魔道具を生み出したり……異世界には存在しないアイデアを次々実現させ、子爵領はどんどん発展していく。新米子爵の発明が、異世界を変えていく!?

●定価：1320円（10%税込）　●ISBN：978-4-434-33768-0　●illustration：すみしま

神様に不幸な境遇を同情され、異世界へ行くことになった14歳の少女、津々井文乃《ツツイフミノ》。彼女はそのとき神様から、便利な収納スキル「アイテムボックス」と異世界の知識が載った大事典を貰う。人間不信のフミノは、それらを駆使しつつ、他人から距離を取る日々を送っていた。しかしあるとき、命を助けた元メイド見習いの少女、リディナと二人暮らしを始めたことで、フミノの毎日は予想以上に充実していく——

◉定価：1320円（10%税込） ◉ISBN 978-4-434-33766-6 ◉illustration：さす

リーダーから難癖をつけられ、S級パーティを追放された剣士のエルディ。途方に暮れていた彼が遭遇したのは、ティアと名乗る堕天使! 「私を、殺してくれませんか?」涙ながらにそう頼み込む彼女の事情を聞くと、とある掟に違反して天界から堕とされてしまったとのこと。彼女の様子を見かねたエルディは、似た者同士で一緒にスローライフを始めようと提案するのだが——不思議な堕天使さんとのほっこり、時々ドタバタな日々が幕を開ける。

●定価:1320円(10%税込)　●ISBN:978-4-434-33774-1　●Illustration:池本ゆーこ

貴族の養子である青年リュークは、神様からギフトを授かる一生に一度の儀式で、「スマホ」というX(エックス)ランクのアイテムを授かる。しかし養父から「それはどうしようもなくダメという意味の『X(バツ)ランク』だ」と言われ、役立たず扱いされた上に勘当されてしまう。だが実はこのスマホ、鑑定、能力コピー、素材複製、装備合成などなど、あらゆることが可能な「エクストラ」ランクの最強ギフトだった……!!　Xランクギフトを活かして異世界を自由気ままに冒険する、成り上がりファンタジー、開幕!

●各定価:1320円(10%税込)　●Illustration:蓮禾

この作品に対する皆様のご意見・ご感想をお待ちしております。

おハガキ・お手紙は以下の宛先にお送りください。

【宛先】

〒150-6019 東京都渋谷区恵比寿4-20-3 恵比寿ガーデンプレイスタワー 19F
（株）アルファポリス　書籍感想係

メールフォームでのご意見・ご感想は右のＱＲコードから、
あるいは以下のワードで検索をかけてください。

アルファポリス　書籍の感想　検索

ご感想はこちらから

本書は Web サイト「アルファポリス」（https://www.alphapolis.co.jp/）に投稿されたものを、改稿、改題、加筆のうえ、書籍化したものです。

引退冒険者《いんたいぼうけんしゃ》は従魔《じゅうま》と共《とも》に乗合《のりあい》馬《ば》車《しゃ》始《はじ》めました2

アマゴリオ

2024年４月30日初版発行

編集－田中森意・芦田尚
編集長－太田鉄平
発行者－梶本雄介
発行所－株式会社アルファポリス
〒150-6019 東京都渋谷区恵比寿4-20-3 恵比寿ガーデンプレイスタワー19F
TEL 03-6277-1601（営業） 03-6277-1602（編集）
URL https://www.alphapolis.co.jp/
発売元－株式会社星雲社（共同出版社・流通責任出版社）
〒112-0005 東京都文京区水道1-3-30
TEL 03-3868-3275
装丁・本文イラスト－とねがわ
装丁デザイン－AFTERGLOW
印刷－中央精版印刷株式会社

価格はカバーに表示されてあります。
落丁乱丁の場合はアルファポリスまでご連絡ください。
送料は小社負担でお取り替えします。
©Amagorio 2024.Printed in Japan
ISBN978-4-434-33772-7 C0093